美利坚笔记

郭扬华 著

团结出版社

UNITY PRESS

图书在版编目(CIP)数据

美利坚笔记 / 郭扬华著. -- 北京：团结出版社，
2018.6 （2024.1重印）

ISBN 978-7-5126-6345-9

Ⅰ.①美… Ⅱ.①郭… Ⅲ.①散文集—中国—当代
Ⅳ.①I267

中国版本图书馆 CIP 数据核字(2018)第 112889 号

出　版：团结出版社
　　　　（北京市东城区东皇城根南街 84 号　邮编：100006）
电　话：(010)65228880　65244790
网　址：http://www.tjpress.com
E-mail：65244790@163.com
经　销：全国新华书店

印　刷：武汉立信邦和彩色印刷有限公司
装　订：武汉立信邦和彩色印刷有限公司
开　本：787mm×1092mm　1/16
印　张：13.25
字　数：220 千字
版　次：2018年9月第1版
印　次：2024年1月第3次印刷

书　号：ISBN 978-7-5126-6345-9
定　价：49.00 元

目 录
CONTENTS

前言：一个充满矛盾的国度

1620年，英格兰的"五月花"号载着102名新教徒漂洋过海到了美洲新大陆，从掠夺土地等资源开始，迅速生根开花结果。欧洲其他国家移民纷纷跟进，随之争端战乱不断，终于由1775年爆发的"独立战争"而诞生美国。

在我们很多年前接收的信息里，美国是邪恶的"帝国"，崇尚的是腐朽的物质生活，还有很多社会底层的人需要我们去拯救；美国是一个强大的工业国家，那光怪陆离的生活节奏中根本不需要农民。

这当然是一叶障目，不见"美国"。当真正接触到了很多和美国有关的东西，才知道美国之发达绝非浪得虚名。

立秋立秋，该是秋高气爽天高云淡，该是稻满仓鱼满舱的时节。刚过这个与中国几千年农耕文明息息相关的节气，我们就踏上了美利坚的国土，开始了考察"三农"、学习其现代银行管理之行。

在美国的日子里，我们走马观花，看到不少；道听途说，听到不少；随思杂感，感悟不少。对美国这个"花花世界"有了一些感性的认识：这是一个充满"矛盾"的国度。

美国很美

美国的地理位置非常好。它三面临洋，西边靠着世界最大的太平洋，东边傍着世界第二的大西洋，北边阿拉斯加州紧挨着世界最小的北冰洋，得天独厚，绝无仅有；境内有平原、草原、高原、山岭、森林、沙漠、河流、湖泊，一应具有，风光迥异，气象万千；从夏威夷到阿拉斯加，南北纵跨热带、亚热带、温带、寒带所有气候区，占尽风、花、雪、月景致，变化多端，美不胜收。

美国的资源十分丰富，地底下有黄金、白银、红铜、黑铁、煤炭、石油，地上面仅五大湖地区的淡水就占世界的1/5，森林覆盖率很高，且不说面积近9000平方公里的黄石国家公园近100%的森林覆盖率，即使东部一些人口相对密集的州，森林覆盖率也多在50%以上。美国国土总面积和中国差不多大小，但大多数地方是可以作为农田耕种的，为其可持续发展备足了资源保障。

美国环境优美，到处蓝天白云、绿树红花，水是清澈的，空气是清爽的，汽车基本不用洗,皮鞋基本不用擦。一切都是那么美好的模样。

美国又很丑

美国有一种本能的"老大"意识,极度自负,强权、霸权意识很浓,把一切与己不同的东西都认定为专制、愚昧、野蛮、荒谬,很少知道外部世界的真相,却极爱扮演世界警察的角色,对人家的事说三道四、指手画脚、横加干涉,甚至大动干戈,对内对外双重标准。

美国的政府是世界上效率最低的政府之一,机构庞杂,效率低下,联邦政府部门动辄几万人、十几万人,州政府部门也比中国的省直部门大出许多,而且职能交叉、职责不清,相互间扯皮推诿,办事效率低得吓人。

美国是世界上贫富差距最大的国家之一,富者富可敌国花天酒地,贫者身无分文债务累累,富人区生活安逸、安全、歌舞升平,而贫民区脏乱、混乱,抢劫、吸毒等犯罪案件频频,最底层民众的生活很惨。天堂般的生活景象在美国不少见,电影《贫民窟的百万富翁》所描述的场景在美国也不少见。天堂和地狱,相距不远。

美国人很开放很保守

美国人很开放,美国是世界上包容性最强的国家。在这里,你可以找到世界上所有的肤色、所有的人种、所有的民族,可以找到世界上所有的语言、所有的文字、所有的宗教、所有的文化。在这个极具开放与包容的移民国家,外国人不会受到排斥,没有身在他乡的隔离之感。你到日本去,可能感受到宾至如归——虽然如归,却终究还是宾;而到了美国,就如同主人回了自己的家,一切都很自然。

美国人崇拜英雄,但不迷信权威,敢于怀疑、敢于创新、敢于冒险。这或许是美国能在上百年的时间里一直引领着世界时尚的潮流,一直走在现代化的最前沿的一大原因。美国人信奉个人主义和自由主义,反对和抵制各种对其生活和习惯的约束和限制,没有那么多的条条框框,各种宗教、思潮、观点都可以公开存在,真正的"存在即合理"。

美国人又很保守。美国人大概认为他们的制度和体制是世界上最好的,似乎没有任何可以再完善的地方了,安于现状,不想变革。在美国要推动一件革新性的事物非常难,即使一些明显存在的问题,比如不公平的医疗保障体系,比如枪支过滥引发许多恶性暴力案件等,多少年过去也一直改变不了。

壹

美利坚的田园牧歌(上)

我们带着新奇,带着问号,一路途经加利福尼亚、伊利诺伊、新泽西、纽约,目击美国的农村、农业、农民,每天的太阳照着同样的土地,但每天的心理却不停地受到新的撞击。

寻找美国农民

美国的农民肯定不是面朝黄土背朝天的农民，感觉中应该是美国西部影片里戴着牛仔帽穿着花格子衬衣和宽松牛仔裤的大胡子。

但真正在美国寻找农民朋友是件困难的事。

美国农场有203万个，不足全国人口1%的人从事农业，经营着1.52亿公顷的耕地和5.6亿公顷的牧场，人均规模超过200公顷。处于玉米、大豆生产带的伊利诺伊州，农场平均耕种土地380公顷（5700亩），它和周边几个州的生猪饲养量占全国的2/3，肉用牛的头数占全国的1/4，因而玉米带又常称为玉米和肉畜带或玉米大豆带。经过伊利诺伊大学的引荐，我们在一个有些秋凉的下午驱车去了伊利诺伊州香槟市的约翰·雷福斯特科农场。

香槟的大平原是一片汪洋绿海。一马平川的原野上村落非常少，在这里，田地真是大大地舒展了，坦然了，有点儿像中国的东北平原，没有山，一望无际的，一直延伸到远处的天边。无边的平原被切割成井田，横阡竖陌。每块方形农场边角上有一幢叫人艳羡的小洋楼。

车行40分钟，我们来到约翰·雷福斯特科农场。农场道路的左边是大豆地，绿油油的，在阳光下泛着很亮的光泽；右边田里都种着玉米，金灿灿的。"一边是海水，一边是火焰"，两种颜色和谐统一，让人激动。

农场主约翰·雷福斯特科热情接待了我们。他是1977年毕业于伊利诺伊大学农学系的"农民"，黑红的脸膛，健壮的身体，粗大的双手，牛仔裤，草帽，唯有那一副眼镜还带有知识分子的痕迹。"我家祖祖辈辈都是农民，我们这些农业专家差不多都是这样，从小就在风里雨里与泥土打交道。但美国人却不知道粮食从哪里来，他们认为是从超级市场买来的。"

美国的"农民"，并不是自食其力、出大力、流大汗的体力劳动者，而是一个个企业经营家，虽然他们仍旧从事农副业生产，但同传统的农民完全不同。这里只有"农场主"，没有"农民"。

美国农田一年只种一季，春种夏收，哪年种什么，全由政府下订单决定，若没有订单，那就让地撂荒，政府给予相应的补贴，有点儿"计划经济"的味道。由于"天时地利人和"，农业生产者的收入比城市人要高，这里"工农"差别完全消灭了。

约翰声高气壮，对着投影屏幕，边走边侃，绘声绘色地讲农场的生产经营、育种、基因、生物工程，讲得口若悬河，神采飞扬。看得出来，他很爱自己的事业。

他的农场有 12600 亩土地,种了玉米、大豆各半。农场拥有数百万美元的资产,仅机器设备就达 140 万美元。偌大一个农场,却只有农场主约翰本人一个全职劳动力,播种、收割季节才雇佣一两个临时工,而播种期与收获期分别只有 10 天左右,且实行免耕直接播种法。播种时,播种机同时有 30 个口子把种子播入泥土。如果有哪一个口子漏播了一行,电脑马上就显示出来,随时可补上。有 GPS 定位仪,能随时对每块耕地的肥料含量进行测定,然后根据 GPS 测量反馈的信息,分地块分别充实各种含量的肥料,使其土地肥力达到种植要求。收割是无人驾控操作自动的。农场在玉米大豆销售方面一般是现货、期货各一半,可以有效地减少价格上的损失。

约翰又带我们参观农具仓库,1000 多平方米的钢架支撑的仓库,犹如一个硕大的车间,里面放满了形形色色的农用机械,播种机、收割机、施肥机等。

仓库对面那五栋圆柱体的粮仓,在太阳下闪着银白色的光。

三层楼的小别墅掩映在几棵大树下,室内装饰典雅,充满文化氛围,室外是宽大的绿油油的草坪,整个儿占地 10 多亩,够气派。

在约翰这样的美国"农民"身上,沾满的是泥土和汗水,但他们的气质中所流露出来的那种超脱神情,有一种极富感染力的美。无论如何,我们难以把他与"农民"联系起来,但他的确就是"农民",一个既是农场主,又是农业科技与市场专家的典型美式"农民"。

美国现在"农民"之少,其习性不可能影响其他阶层了。相反,他们受到其他阶层的影响,已经失去了农民原有的习性。他们已经融合在现代的潮流中。

美国农民的归宿感

正午时分,我们驱车去布卢明顿市,访问伊利诺伊州农场局总部。伊利诺伊州农场局不是中国的农业局一类的行政机构,只是一个州一级民间性质的农业协会。这个成立于 1916 年的协会,原设在芝加哥,1960 年根据农户的要求搬迁到农作物集中产区的布卢明顿市,而不是州首府所在地斯普林菲尔德。

车窗外,地势低平,肥沃的草原黑钙土,土层深厚。路边玉米和大豆散发

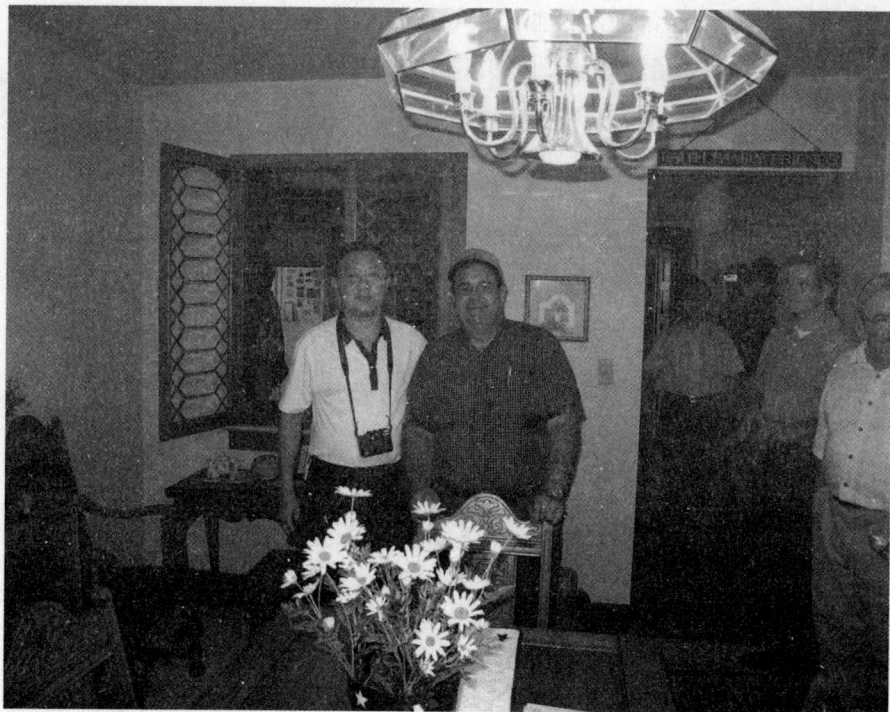

着淡淡的香,和着黑泥土的味儿弥散在清新的空气中。靠近市区,是一片丘陵,沿途林木茂密,在丘岗上起伏延伸,错落有致,圆润光滑。绿地遍野,无边无际。绿得浩浩荡荡,富于层次,色泽万千。

伊利诺伊州农场局总部设在市郊的丘岗上。总部的高级主管道格拉斯·尤达先生给我们介绍农业协会的组织结构、运作模式和农业合作社的情况。

美国农业协会历史悠久,是一个农民自发组织,成立于1919年,至今已有近100年的历史。现有600万名会员,主要是农民(全国有80%的个体农民参加协会)和与农业有关或对农业感兴趣的小型生产商或个人。协会分联邦、州、市镇郡三级。

协会工作体现出相当强的主动性和灵活性。其主要职责是:通过遍及全国各州的协会收集会员意见、建议,每年1月份召开年会,制定相应的、代表多数农户意愿的政策,如农业税收、环境保护、政府投入等,并代表农户与国家打交道。协会是非政府组成部门,政府只负责产业政策导向和市场环境建设,而不参与协会的组建、人员安排和经费的资助。美国联邦政府只从税收上进行管理,其他政府部门对行业协会等社团无管理权,只有资助或不资助的权力。协会无政府经费资助,日常开销依靠会员缴纳的会费。伊利诺伊州农协现有 102 个分会,40 万个会员。农协有 7 个附属的独立的合作企业,其中草原农场、保险公司、信用合作社规模较大,效益很好。

美国的农业合作社是农业生产者为了共同的利益,自愿组织起来为自己服务的合作经济组织,合作社为全体社员共同所有。这种合作社始于 19 世纪中叶,当时农民为了农产品的加工和销售而联合起来。在 19 世纪末和 20 世纪初,农业合作社得到了较快发展,种类多样化,服务领域不断拓展。1922 年后,农业合作社出现了联合重组的趋势,一些基层合作社联合起来逐步发展成为区域性或全国性的、仍然具有合作社性质的集团公司,合作社的规模扩大,数量减少,营业额增加。我们参观的州农场保险公司和 GROWMARK 农业合作社就是在基层合作社的基础上发展起来的。前者是世界 500 强企业之一,在美国 500 强中排名第 13 位,其车辆保险额在美国保险公司中排名第一,是美国最大的车辆保险公司;后者是美国东北部最大的农业合作社,有 6000 多名员工,向 25 万农民提供农产品销售、农资采购和销售、融资与保险等服务。

20 世纪 70 年代以来,美国出现了一些新型农业合作社,形成了新型合作社与传统合作社并存的格局。传统的农业合作社社员出资较少,合作社的资本积累主要靠利润留成;合作社的分红以社员与合作社的交易量计算,每年的分红不超过 8%;由社员投票选举产生董事会,董事会代表全体社员对合作社进行管理,社员每人只有一票表决权;会员在合作社的权益不能自由转让,会员退出合作社后,其权益由合作社赎回。新型合作社与传统合作社的区别主要在于:其资本金主要来自会员的入股,按股份进行分红,股份可以自由转让。

美国的农业合作社种类多样,提供的服务涉及农业生产和农民生活的方方面面。农业合作社的功能和作用主要表现在以下四个方面:一是提高农民的议价能力,拓展农产品市场;二是提供农产品加工、农业生产技术及融资、保险服务;三是采购和供应农业生产资料;四是联合起来游说政客,向政府争取有利于农业生产者的政策。

美国政府视农业合作社为具有某种社会福利性质的非营利组织,从许多方面给予了扶持和保护。一是 1992 年美国国会通过的《凯普－沃尔斯蒂

德法案》(Capper–Volstead Act of 1992)，给予了农业合作社有限的反托拉斯例外，把合作社从《反托拉斯法》中豁免了出来，这对合作社特别是大型合作社的发展起到了很大的推动作用。二是对取得免税资格的合作社采取减免税待遇，对于无减免税资格的合作社，与其他企业相比其赋税也是比较低的。这些支持政策有力地推动了农业合作社的发展。2008 年，美国有农业合作社 2473 个，会员 240 万人，总资产达 691 亿美元，净值为 230 亿美元。全年实现营业收入 1920 亿美元，税前净收入 48 亿美元，正式雇工 12.4 万人，临时雇工 5.38 万人。

农协是农民的"家"，农业合作社是农民的组织，团结力量大，其实崇尚自由的美国人也是需要组织，需要归宿感的。

我想，农协和农业合作社的制度设计应该是对中国的农业有借鉴意义的。

美利坚的田园牧歌(下)

连日来,我们一直在与伊利诺伊大学农业与消费经济系主任保罗·艾灵杰教授、凯西·贝利斯副教授、理查德·沃格教授就美国农业的现状和特点进行交流。

强大的美国农业

美国农业是世界上规模最大、用现代最新科学技术装备起来的高效率的大农业,具有生产手段机

械化、智能化,生产技术化学化、生物化的特点。当前美国已经进入全盘机械化、自动化阶段,不仅种植业、畜牧业离不开机械化,保护自然资源、美化城乡环境也离不开机械化;不但农田作物生产及收获已全部机械化,一些难度大的行业与作业也实现了机械化。播种、施肥、收割等,都实行高科技、智能化管理。在美国,农民就是一个机械手和卡车司机,驾驶卡车在田地巡视,操作农机在地里耕作。近年来,更是综合运用土壤保护、生化防虫、测土施肥、卫星定位等先进技术。卫星定位施肥技术精度可达 1~2 平方英寸。大学、科研机构帮助农场分析数据,按地块编制分品种的产量与肥料、湿度等相关的操作图和操作程序,用于指导机械作业。目前已有 50% 以上的农场采用全球卫星定位系统辅助农业生产,可以依据定位系统,有针对性地施肥、灌溉,大大提高了整片土地的生产率。美国农业中还广泛使用农业生物技术,降低自然灾害发生率,目前全部农作物的 67% 都是具有耐除草剂、抗虫剂、杀虫剂等基因改性农作物,直接改善了生态环境。

美国农业专业化程度很高。由于各地区气候、土壤、劳动力以及市场条件不同,其农业逐渐形成了一系列专业化区,大致可分为九大带区——地处五大湖以南和东北部地区的乳酪带;位于牧草乳酪区以南的玉米带,主要包括衣阿华、伊利诺伊、印第安纳、内布拉斯加和密苏里等州;位于美国中部和北部地区的平原小麦带;位于美国东南部的棉花带;落基山西部山地放牧和灌溉农业区;分布于棉花带和玉米带之间的混合农业带;太平洋沿岸南部水果、蔬菜和灌溉农业区;墨西哥湾沿岸亚热带作物区;太平洋北部小麦和林业牧业区。早在 1914 年,美国农业已经在很大程度上实现了种植专业化,这种格局保持至今。

美国农业的社会化程度极高。农场的耕作、播种、施肥、喷药、灌溉、收获、加工等,可以自己动手,也可以请服务公司全过程代办。

美国农业销售渠道发达。农场的农产品生产出来以后,一般交由各类发达的商业性储运机构来运输和保管,这些储运机构通常由农场主们合作投资拥有。农场主通过互联网随时了解农产品现货、期货、期权等价格动态,通过国内外大型粮商、交易所等渠道以有利的价格和方式销售产品。

美国农业比较效益高。美国农业生产以家庭农场为主,随着农场规模的扩大和农产品价格的上升,农民家庭农场的收入大幅度提高。2001~2008 年,农场年平均净收入达到 9.6 万美元,2007 年和 2008 年更是高达近 20 万美元,远远高于美国家庭年收入 5~6 万美元的平均水平。1993~2007 年,美国农

场年投资收益率达到 11.84%,高于零售业和办公楼投资,略低于公寓和工业投资的收益率。

美国农业风险承受能力强。美国农场主拥有较大规模的土地、机器设备等资产,且大多数负债率低。农场的平均资产达 140 万美元,其中机器设备 42 万美元,土地 56 万美元。2008 年,伊利诺伊州每个农场平均耕种 380 公顷土地,平均资产负债率为 27%,77%的农场负债率低于 40%。

与中国农业的长期弱势截然不同,美国农业无论与其国内很多行业相比,还是与世界其他国家的同类产业相比,均处于强势地位。

美国农村金融与政策

访问伊利诺伊农场信贷服务公司(系统)是我们此行的重要内容。因为它是农村金融中的重要力量,具有政策金融性质,在支农中发挥了十分重要的作用。

在设在乡间的一处丘岗上的公司总部里,公共关系部副总裁诺德·思特

尔与我们进行了深入的交流。

农村信贷系统是由美国政府扶持与农场主合作相结合的支农信贷机构体系，其前身是 1916 年美国政府为支持农民购买土地而成立的信贷机构，1940 年政府资本撤出，形成 5 家区域性农业信贷银行，通过分别设在 15 个农业州的 97 家农业信贷服务社向农民提供信贷和代理保险业务，每个信贷服务社的贷款规模从 5 亿美元到 80 亿美元不等，是政府扶持的主要支农信贷机构。政府扶持的方式主要是通过政府担保，由联邦农业信用银行融资公司帮助农村信贷系统在金融市场以较低的成本发行债券融资，从而以较低的利率向农民发放贷款。一般情况下，这 5 家农业信贷银行以高于发债成本 0.03% 的利率从联邦农业信用银行融资公司获取资金，加上 0.15% 利差后提供给 97 个信贷服务社，服务社再增加 2%，即以比发债成本高 2.18% 的利率向农民发放贷款，贷款利率通常比商业银行低。

现在的农村信贷系统是依据 1987 年通过的《农业信贷法案》，在整合相关机构基础上建立起来的。农业信贷系统的全部方针政策由该系统的一个兼职的联邦农业信贷委员会负责(1985 年以后是由总统指定的 3 人董事会)，在全国的 12 个农业信贷区各设有一个农业信贷委员会，根据联邦农业信贷委员会制定的方针政策，结合本区实际情况制定具体的方针政策，而农业信贷管理局负责具体执行、日常督促和全面协调。政府农贷机构直属于美国农业部，这种组织制度较好地保证了农村资金用于农村和农业，并根据不同阶段农业的不同发展目标，调节农业信贷方向和规模。

除此之外，美国还有着发达、健全和多渠道的农业金融支持服务体系，农业得到包括农村信用体系、政府信贷、商业银行、保险公司、私人及其他金融机构的信贷支持。仅农场贷款额每年就达到 2170 亿美元，其中政府提供免税扶持的农村信贷系统贷款占 32%，农业部和州政府机构贷款占 4%，政府担保贷款占 4%，商业银行、保险公司及私人机构贷款占 60%，能够有效满足农场农业生产经营的融资需求。

对于政府鼓励、扶持的农业、农村项目和商业性贷款不愿介入的新农场、弱势农场，主要由联邦政府农业部农业服务署、州政府融资局直接提供支持，贷款和担保资金由政府列入预算予以安排，出现损失也由政府列入预算予以核销。农业部农业服务署主要提供维护农场(土地)所有权贷款、生产经营贷款、意外救急贷款、年轻农民贷款以及女性、少数族裔、新农场贷款

等,约占全部农业贷款的 4%。

对那些信用状况较差、达不到金融机构贷款条件的农场,由联邦农业服务署和州融资局提供借贷和发债担保,担保额为贷款或发债额的 85%~95%,期限可长达 18~40 年。担保范围相当广泛,包括购买土地、设备,生产经营活动,引用新能源、高科技等。担保融资额达到农业贷款总额的 4%。此外,美国小企业局也为符合小企业标准的农产品加工、包装、服务以及设在农村的小企业提供类似的融资和担保服务。

商业性贷款则完全按市场化原则由农场自主向商业银行、保险公司及其他融资机构申请办理。目前,全美排名前 20 位的全国性大银行中有 15 家涉足农业信贷领域,有 5890 家中小商业银行、20 家保险公司开办农业、土地、农场按揭等贷款业务,它们提供的商业性贷款是农业贷款的主要组成部分。

同时,美国拥有全面、发达的社会信用服务体系,3 家全国性的信用服务机构设有上千家分支机构——地区信用局,提供全社会个人、企业、社团等机构的信用记录和信用评分。丹和布拉德斯特列公司可提供全球 4800 万家企业的信息,政府档案、法院记录、政府机构的出版物等都是信用信息的有效来源。此外,银行还通过借款人的客户、供应商以及评级机构、保险公司等查询、了解客户的信用状况。发达、全方位的信用信息记录、评价、应用体系

促进了社会信用环境的不断改善,也为银行贷款决策提供了重要依据。

美国农业之所以兴盛,除了金融保险扶持外,更多的还是得益于多年来美国政府采取的立法支持、直接投入、生产补贴、税收优惠等政策强有力的支持和干预。

如2002年通过的《农业安全与农村投资法案》要求6年内财政对农业的支持要达到1185亿美元。2008年《农业法案》更是将2008~2012年的农业补助金额提高到2900亿美元,除了维持和增加对玉米、小麦、大麦、大豆、棉花等农作物的补贴外,还将补贴范围扩大到水果及蔬菜等专业农作物。政府对农产品生产的补贴已成为农场主收入的重要来源之一,近几年来,美国政府对农产品生产的补贴占到生产者总收入的15%~24%。政府还为农户提供有关市场信息、农产品政策、出口对象国贸易政策、环境、运输、检疫、卫生标准等多方面的信息,以帮助扩大生产与出口。

长期、高额的财政支持和充分、有效的竞争,使美国得天独厚的农业自然资源优势得到有效的利用和保护,建立了从生产方式到生产力水平都极为发达、竞争力居世界前列的强大的现代化农业。随着农业的专业化、集约化程度不断提高,农场规模逐步扩大,收入大幅度提高,美国农业生产经营者(甚至包括一些其他行业的业主)在利润最大化的驱动下,积极投资,推进农业生产经营的现代化。在这种良性循环和竞争下,实力弱、素质低的农场主被挤出农业领域,农业人口、农业劳动力持续下降到只占全国总人口、总劳动力的1%以下。土地的不断集中,规模化经营持续强化,使得先进技术和先进设备的引入成为可能,从而推动了美国农业进一步做大做强,其在国内国际的竞争优势也越来越突出。

迷失在美国农村

从皮奥里亚市参观卡特彼勒公司全球总部返回时,已是夕阳西下,一抹斜阳和晚霞透射在遍野的花草树木里,沿途建在农场边上的别墅,占地10~30亩不等,房前屋后放着成套的农业机械,还盖有高高的圆柱形、圆锥顶的看上去是金属做的粮仓,估计能盛上百吨的粮食。成群的牛马甩着尾巴在草场上悠闲地吃着草,蓝色天空和金黄大地连成一片,一派恬静安详的田原风光。

晚饭在住地的郊外中餐馆随便对付了一下,我和壁龙、赵强、东升溜达散步回去。途经一片树林,高大的杨树、枫、银杏和密实的灌木以及时不时露脸的花丛,都显得生机勃勃。密林深处,曲径通幽,多是二三层的小楼,占地面积很大。继续前行，网球场、排球场、儿童游艺场里阵阵欢笑声此起彼伏。时有大片的空地，生长着保养很好的草坪，参天大树下大片树荫，摆放一些桌椅供人活动休息，或几人围桌聊天，或一家人在露天烧烤，烤肉的香味伴随着烟味随风而至。人们都很友好，不时有人主动向我们打招呼。

我茫然了，不知这20几天里看到的是城市，还是农村，这里的住户究竟是农民，还是市民？这是不是就是我们常提起的城乡一体化呢？

"农村"是对应城市的词语，指远离城市，以农业产业为主的从业人员的群居地。可在美国，农民不一定居住在远离城市的地方，他们或独居，或居住在远离农场的别墅区，经营自己的农场，或委托他人打理。

许多地方，一些城市蓝领、白领乃至金领的别墅旁边就是一家农场，就是一座农场主的别墅，你说那是城市还是农村？许多地方，一些别墅就建在农场边上，建在森林深处，建在河流岸上，你说里面住的是市民还是农民？

我们转了一阵，又回到了原地。折腾了几圈，只好拦了一辆汽车问路。小伙子很热情，看了我们住的宾馆的名片，笑盈盈地让我们上车，不到两分钟把我们送回了宾馆。我们郁闷极了。近在咫尺，竟然迷失方向，又是在郊区农村，简直不可思议。

到美国20多天，跑了几个地方，看到最多的是树，高的、矮的、大的、小的；再就是草，人工的、天然的、整齐的、杂乱的。美国的树不是"植"的，林不是"造"的，遍地的树好像都是原生的，自生自灭，很少有人工修整的痕迹。目光所及全是树林和草坪，几乎没有看到一块裸露的地皮，听当地人讲，美国极少见扬尘、扬沙和沙尘暴，上苍给了美国一个好地方。

目睹中国与美国"三农"之间如此大的差距，心情不免有些沉重。如何正视差距，重视"三农"，建设有中国特色的新农村，实现"三农"可持续发展，消灭城乡二元结构，的确是国人在当前中国经济的十字路口需要深思和探索的问题。

我以为，必须坚持走中国特色的农村改革之路。由于我国人多地少，资源缺乏，美国模式不可复制。结合我国国情来看，农村改革应该是渐进式的。要深化土地改革，在公有制的前提下，加快土地流转租赁和实现土地集并，扩大经营规模；要深化户籍改革，允许居民自由迁徙，转移农村剩余劳动力；要加快城镇化、工业化进程，把城镇化与新农村建设结合起来；要完善政府财政投入、补贴和金融保险扶植政策；要完善农村综合服务体系，加大城乡统筹力度，实现城乡一体化。当然这是一个庞大的系统工程，需要政府乃至全社会的理解重视和支持。

香槟记忆

　　飞抵芝加哥的时候已是万家灯火，舷窗外的城市被灯光整齐地分割成一个个方格，安静而美丽。

　　我们的车飞驰在伊利诺伊平原上，路上的车辆很少，影影绰绰，静静的。从芝加哥开车往南两小时，就到了香槟小城。一阵忙碌，我们在伊利诺伊大学香槟分校的豪森酒店安顿下来，这是我们此行的目的地，要在这里学习一段时间。想一想觉得很有意思，已过天命的人了，谁料到会跑到万里之外的

美国"留学"呢,所谓人生无常,大概就是这个意思吧。

校园风景

伊利诺伊大学香槟分校是全美国最好的综合性大学之一。始于1867年位于伊利诺伊州幽雅的双子城——香槟及厄巴纳市,与加州大学伯克利分校、密歇根大学并称为美国公立大学"三巨头"。140多年来,香槟分校一直是全美理工科方面最顶尖的高等学府之一,盛名直追麻省理工学院。

香槟分校学科门类齐全,覆盖一百多个专业领域,拥有来自全世界一百多个国家的4万多名在校学生,全校学生社团超过1000个。

很难想象,这里竟走出了如此多的人物。据美国《科技名人录》记载,香槟分校以出高级科学家和工程师数量最多而居全美院校之首,并以324名教授当选为"对先进科学技术作出杰出贡献"的科学家而领先于其他院校。全校3000多位教授中,有70余位是美国科学院、美国工程院的院士,20余位获得过国际社会科学最高奖普立策奖,20余位是诺贝尔奖得主。校友中,比较熟悉的有:《花花公子》杂志的创始人休·赫夫纳、菲律宾前总统拉莫斯、第78届奥斯卡金像奖最佳导演李安(作品《断背山》)、台湾政治人物吕秀莲等。著名水利工程学专家黄万里是第一个获得该校工学博士学位的中国人,著名气象学家竺可桢、著名教育家陶行知也曾在此攻读。

香槟分校的成就诞生于自然。这里的风景是如此的诱人。葱郁无边的林木、鲜艳欲滴的花朵、座座赭红的小楼、曲径通幽的小道,当然还有年轻健美、散发着青春活力的男女学生。香槟分校高楼不多,一般是五六层。不过,建筑样式很是特别,长的方的圆的,尖顶的平顶的,灰色的红色的,自然而和谐。校园树木葱郁,草坪整齐。一条铁路穿过校区,连接香槟、厄巴纳的对外交通。

学校四围都是农田,俨然乡野,骨子里却仍旧是大隐隐于市的。这里休闲娱乐,一应俱全。且从双子城到邻近都市很近。大学的Willard机场是伊利诺伊州最大型的机场之一,出入十分便捷。就是开车,也只需很短的时间。香槟分校带动了香槟、厄巴纳的城市发展,使得这两个并不起眼的小城充满了无限活力。

伊利诺伊大学为中国培养高级科技、管理人才的历史可以追溯到上世纪初。现在,香槟校区每年仍然招收几百名中国优秀学生来此深造。中国培

训项目是由学校国际项目和研究合作部下属的中国高级管理人员培训中心负责实施的,中国培训人员在这里受到当地政府和人民的热情欢迎。

我们居住的豪森酒店,离上课的中国项目培训中心徒步行走只需20多分钟。途中经过一座铁路桥,还要绕过一条人工小河。小河细狭,蜿蜒曲折,平静如镜,两岸花草盎然。中间有参天的桑橙树林。桑橙树看上去已经几百年甚至更老了。树林中,草地上有不少鸟兽,自由自在地跑来飞去,宛若无人。鸟有各种各样的,许多并不认识,走兽见得最多的是松鼠。它们在树林间窜来窜去,也不懂得怕人。路边随处可见青绿色的桑橙果。我们每天早上踏着晨露走过,都会顺手捡起一些。

中间会穿越一大片整齐的墓地。墓地是在美国随处可见的景象。在中国,墓地一般是在很偏僻的山上,或者专门圈出一片地来。然而在美国,所到之处随便一片草坪,你就能看到墓碑。甚至有些墓就在某座房子外面。公园里同样如此,有时会看见一片草坪上密密麻麻全是墓碑。人们在上面聊天,小孩在上面嬉戏。坟墓在这里不觉黑暗,死人在这里不会孤单。

男人很绅士,女人很狂野。这是我到美国以来在这里感到的最觉不习惯之处。在我们印象中,美国人无论男女无论何处无论何时都是很开放的。其

白色的建筑物,是伊利诺伊大学香槟分校的体育馆

实不然,男人在这里十分绅士,甚至可以说十分保守。从衣着上就可以看出,一般上课,有很多男生会穿西装。然而女生,超短裙啊,露背装啊,总之穿得十分暴露。如果男生说她们性感,她们会很高兴:噢!真的吗?谢谢!更狂野的还会直接跑过来跟你拥抱。然而,哪怕在今日日渐开放之中国,女孩子听了这种话后,不但不会高兴,还可能会跟你这种"流氓行径"翻脸。真是文化的大不同。在中国,一般课堂上捣乱下课后追逐都是男生干的事。但在美国,那绝对是女孩子的专利。

美国的孩子比较自由。美国法律不允许父母亲打骂小孩,所以父母从来不会强迫自己的孩子去做某件事情或是不去做某件事情。他们只会告诉孩子们,这件事的好处或者坏处,然后让孩子自己选择——前提是不触犯法律。在学校里,你可能看到一张因某场比赛失利而难过的脸,但你绝不可能看到一张因考试失利而难过的脸。在美国,读书是自己的事情,自己的前途自己把握。老师和家长,都不会因考试不理想而骂孩子。

越来越多的华人子弟来到这所学校就读,校区内随处可见他们的身影。漫步校园内,乡音不绝于耳,以至于我到这里后才发现,即便是你一句英文都不会,也能走遍校园不迷路。

很多人对部分国人来美国留学的方式和方法也许有些好奇。很多人也许会认为这部分人大多是官宦或者富商的子弟,其实这又是个误区。不过区别这些是容易的,仅仅从这个人追求的学位就可以看出,通常如果来美国是接受高中或者本科教育,或者是接受商学院比如 MBA 的教育,这些人通常是官宦子弟或者家庭比较殷实。其次是来读硕士的,此类人呢,分两种,一种是比较牛的那种,一种是家境还不错的,毕竟也就负担一两年的学费和生活费。为什么说有那种比较牛的呢?因为硕士的全奖是最难拿的,全奖的定义一般是说学费全免,然后发生活费,大概每月一千至一千五百美金。第三类就是读博士的,读博士通常以普通家庭为主,因为来读博士的,理工科拿全奖的很多,原因也很简单,在美国,申请博士的全奖比硕士要容易很多。

美国的大学教育本质上是不公平的,但还是符合经济学原理的。通常来说,教育向富人倾斜,有钱就容易受好教育,具体体现在学费上,穷人如果要享受同样的教育,唯一能付出的就是努力和辛勤。美国的几所名校都是私立学校,基本一年的学费在三四万美金左右,生活费再怎么省也要一万多美金。这样的学费开支,对很多美国家庭也是非常沉重的。因此,能付得起学费

的，要入学就相对容易很多。付不起学费的要想入学，就得很优秀，去争取那些奖学金名额。其实从某种角度来说，这或许也算是合理的，这世界本来就没有绝对的公平而言，不过说到贫富差距，这是另外的话题。

香槟的书是永远也读不尽的。藏书量居世界公立大学之冠的图书馆，拥有900万本书籍、9万种定期刊物，每星期有逾100万人次从全世界各地造访该大学电子图书馆的记录。这实在是一个惊人的数据。

书读累了，可以沐浴夕阳，躺在椅凳上休憩一会儿。仰面看天，一切都是宁静而惬意的，白云像抒情的慢板，让人沉浸在一种温柔浪漫的情愫中不忍自拔。

校园是安宁阒寂的。或许是校园太安静了，安静得使本来就爱热闹的年轻大学生们受不了，于是变着法子找乐。不大的香槟竟有三十来家中餐馆，而且家家生意火爆。一到周末，家家酒吧都挤得水泄不通，许多人都站着喝酒。

只是，当孑然一身行走在铺满橡树叶的校园小径，听着一座座楼房传出的如泣如诉、声嘶力竭的歌声，看到三五成群扎在一处的俊男倩女时，内心深处偶尔也会生出一丝淡淡的"独在异乡为异客"的无奈与孤寂，并想起南北朝时王籍的两句诗："蝉噪林愈静，鸟鸣山更幽。"不过对我们来讲，只是一刹那的感觉，毕竟我们只是匆匆过客，一个个年过半百饱经风霜的人。

教授风雅

入学以来，我们与伊利诺伊大学农业与消费经济系主任保罗·艾灵杰教授、凯西·贝利斯副教授、理查德·沃格教授就美国农业的现状和特点进行交流探讨是很顺畅的。

保罗·艾灵杰教授是美国有影响的经济学家。他讲授的当代美国金融机构的相关问题和发展趋势、农业企业、农业小企业的借贷问题、公司金融与农业商务的互动等专题很受欢迎；凯西·贝利斯副教授曾担任白宫经济顾问委员会主管农业工作的经济学家，她讲授美国对农业和农村发展的政策和财政支持；理查德·沃格教授曾担任美国谷物理事会欧洲、非洲以及中东地区国际事务总监，他讲授美国农业合作社专题。还有几位主讲教师给我留下较深印象：

商学院金融投资学的创始人凯文·沃斯比，主讲次级贷款、主权投资基金和全球启示；金融系教授穆里略·坎珀洛主讲国际金融市场与国际公司的投资资本预算;敖尼尔教授主讲人力资源与绩效管理。

美国大学柏拉图式的问答教学很有意思。学生在听课过程中穿插着辩论和演讲,教授与学生之间的互动更加凸显了教育的针对性。这里的教授,水平非常高,他们绝不会因为你是外国学生而网开一面。这就要求外国留学生首先必须克服语言障碍。不过,因为学校给我们班配备了翻译,我们语言的压力就少了许多。

教授讲课很有特色,他们的课讲得既生动有趣,又内容丰富。他们最喜欢在繁琐的文字推导和清晰的图像阐述之后,同学们感到一丝倦意时,不失时机地给同学们讲一些调侃的笑话,不仅培养学生们的学习热情,同时又调节一下紧张的学习气氛。记得保罗·艾灵杰教授在第一节课开始的开场白时就说:"全世界人民的幸福生活是吃中国菜,娶日本媳妇,住美国大房子。欢迎你们,中国朋友!"一下子拉近了彼此的距离,一堂课下来,学生们根本不感到疲惫。

课间,教授还会和同学们面对面交流,你有疑问可以随时打断他的讲课。他会随时插上一些道具演示,增加对西方经济学概念的直观理解。而对于一些具体的应用,他常常会结合自己的科研来讲解。课后,他还要给学生答疑,直到学生们全部离开教室。他会关切地问你学得怎么样,有没有困难,使你倍感亲切。

我真羡慕美国师生之间的关系。他们相互间可以直呼其名。而且,所有的大学教师都可以简称教授,不管是正教授、副教授还是助理教授(讲师)。中国学校教师同事关系则遵循着一种等级制度,从校长、院长、正教授、副教授到讲师或助教。而且,中国的正教授可以称教授,而副教授只能在非正式场合称教授,但讲师在任何场合都不能称教授。

伊利诺伊大学的教授之间也不是没有任何区别。大致分为六级:助理教授、副教授、普通正教授、讲席教授、院级教授和校级教授。校级教授是最高级别的教授。除了哈佛、耶鲁,其他美国大学的副教授一般都是终身制,而且有些助理教授和副教授也有讲席头衔。教授的等级差别主要表现在薪酬上,不代表学术水平的高低,更不是获取资源的"硬通货"。系主任基本上是正教授轮流担任,没有什么实权。实权都在各种教授委员会那里,比如,招人有招聘委员会,升职有职称委员会。系主任助理是一个行政职务,由非教师序列的职员担任。不少教授都是美国科学院院士、美国艺术与科学院院士、计量

经济学会院士，但这些头衔全都是一种荣誉职位，没有任何实权，也没有专门的津贴，更不会与各种评奖挂钩。诺贝尔奖得主连专用的停车位都没有。哪怕你是诺贝尔奖得主，一旦申请不到资金，就招不到学生，紧接着就要关闭自己的实验室。

保罗·艾灵杰、凯西·贝利斯、理查德·沃格、凯文·沃斯比、穆里略·坎珀洛、敖尼尔等在很多中国经济学师生心目中，是大名鼎鼎、可望而不可及的。在香槟分校经济学院和商学院里，你却会发现这些大师其实也像平常人一样工作和生活。不管你是普通教授还是诺贝尔奖得主，吃饭都要自己排队，出门都要自己开车，开会都要自己拎包。

这天，我们班全体同学应邀到苏珊老师家作客。苏珊是中国高管人员培训项目副主任，已五十多岁了。

傍晚前，我们分乘学校的两辆中巴车，在王年华老师夫妇和马里内利助理的带领下来到一片僻静的别墅区。苏珊早已站在大树掩映下的别墅的两扇木门前，挥着手，向我们招手致意。

夕阳西下，庭院里一片朦胧暮色，有的人在这里拍照，有的人在散步，有的人在与苏珊夫妇交谈。

楼上楼下各式古色古香的灯都亮了，一片辉煌。晚宴开始了，我们鱼贯围向厨房的一张长桌取食品。各种风味的比萨饼是主食，还有西红柿、洋葱、青椒、胡萝卜、芥兰菜、沙拉、鲜酪、果酱、啤酒、饮料都陈列在桌上。苏珊夫妇轮流和各位同学寒暄。大家喝了酒，更随便了，互相碰杯，感谢主人给我们提供了解美国家庭的机会。我问身边的王年华夫妇，苏珊的别墅在香槟是什么档次，他们说很一般，只需15万美元就可以购得。这时苏珊过来了，向我们介绍了一位中国留学生，她说这是她的干儿子。小伙子是武汉人，今年才17岁，是六年前苏珊夫妇在游览三峡时的游轮上相识的，后来一直有邮件来往。再后来，小伙子就放弃国内高考来到香槟，住在苏珊家中，准备参加美国的高考，争取上伊利诺伊大学香槟分校。

时间过得真快，一晃就快十点钟了，同学们只得依依不舍地向主人告别，苏珊夫妇又站在大门口微笑着，依次和我们握手。

小城风情

香槟的初秋，总是风和日丽，沿途疏落的精致小舍掩映在丛林中，发黄了的玉米地一望无垠,田园风景画般的香槟给了我们美好的印象,它滋润着我们学习疲劳的心神。我们满饮这清淳的微风,享受着这无忧的平稳生活。

双子城区好似秀美的公园。城里有风格各异、古色古香的楼房,绿油油的草坪与郁郁葱葱的树林,甚至还有小桥流水,以及房屋顶部矗立的白色尖塔。

它更是一个地地道道的大学城。居民十三万,学生占了一大半。全市的经济自然围绕着大学布局,形成了完备的产业链。学生公寓、餐饮酒店、商店超市、书店、公园很繁荣,为大学生提供了学习生活的良好环境,也拉动了当地消费,刺激了当地经济的发展。中餐馆备受欢迎,大行其道;书店里面除了教材就是学生爱看的青年类杂志,服装店里大多是学生爱穿的 T 恤衫、运动衣,还有一些卖音乐唱片、小礼品的店铺。不过香槟找不到任何一家卖高度酒的商店,因为美国对白酒的控制相当严格。

香槟娱乐活动很少,这儿的夜晚很萧条,有酒吧,但我们并不喜欢去。这儿没有小吃街,没有拥挤的人群,有的只是规划得非常漂亮的商城,但是缺乏国内那种气氛。不过健身场所却很多。香槟校区有健身馆,器材都很齐全,跑步机,室内篮球场,健身器材,瑜伽馆等,当然,这些对学生都是免费的。香槟市室外的场所也很多,也都是免费的,比如网球场,打的人很少。网球场基本属于标准配置。足球场是最多的,因为草地多,因此我觉得随便哪儿都能踢球,当然,很多他们用来打橄榄球或者棒球。也有为数不少的专门的人工草坪,就好像体育比赛体育场里面那种,这些都是免费的,不过基本人很少,主要原因还是因为本身人口密度小,设施相对于人口比较丰富的原因。

香槟的物价都很便宜。拿日用品来说,一般的东西超市都能买到,通常的价格是国内价格 0.5~1.5 倍,通常都是中国制造的。但中国制造也分很多种,有些是中国的牌子,比如很多衣服,还有便宜的厨房用品,这类东西的价格基本是中国市场销售价格的 1~1.5 倍;如果那些东西是中国生产,但贴的是老外的牌子,比如飞利浦剃须刀、电动牙刷这类的,基本价格就是国内销售价格的 0.5~1 倍。

观察发现,武汉有不少食品贵过了香槟。香槟的大部分蔬菜,特别是叶菜价格要远高于武汉,但肉类、禽蛋类的价格,武汉则远高于香槟。例如,牛腩、鸡蛋、牛奶的价格几乎是香槟的三倍。

在能源价格方面,汽油和零号柴油的价格武汉均略高于香槟。即使在蔬菜水果方面,武汉也未必真的便宜。由于豆腐、小青菜、韭菜等是国人喜欢吃

硕大的桑橙果一个比一个大

的食品,在美国需求量本身比较低,所以价格才超过中国。但武汉肉蛋奶的价格,已经赶英超美了。

香槟的房地产在我看来算是很合理的,在学校周围,商场、医院都很近,一个一千五百平方英尺上下两层的房子,大概是十五至二十万美金,这种房子有个院子,面积大概是国内的一百五十平方米吧。二十万美金对夫妻都工作的人来说,按最低八万美金的年收入,大概有五万左右的纯收入,意味着,夫妻两人毕业一年后,就可以按揭买这样一套房子。而我所说的房子,地段其实还算是好的,地段差的还要便宜。

在香槟,人们十分追求生活品质,生活很悠闲,显得安详平和。男人们积极锻炼身体,休闲生活,对家庭有责任感,凡事宽容和有盼望;女人简单持家,爱丈夫和家庭。他们喜欢平静地度假,通常的方式是几个好友,约到某个公园烤肉,公园也许靠湖或海,可以一边烤肉一边去游泳,或打沙滩排球。据说美国人大多数的度假方式都跟海有关,这也许跟它的地理性质也有关系。当然,美国比较内陆的地方如香槟的居民,也许也会去参观自然风景,比如黄石公园。顺便说一下,美国的公园大多是免门票的,只收停车费。美国的度假方式比较单一,主要是针对自然风光的休闲度假。普通老百姓会租个靠海

这里秋天真美!

或湖的旅馆,然后享受阳光浴和游泳。有钱的会买个游艇,享受海面的风光。再则就是坐游船,通常船上有赌博游戏。但喜欢赌博的基本都是亚洲人,老美只喜欢玩点小的。

有人总结说,美国人努力工作的目的是好好生活,中国人好好休息的目的是为了工作,中国人太勤奋了。我只能说美国有这样的条件和环境,在中国,暂时还不具备。不过不知道国内有些不再需要为生活辛苦打拼的白领中上层,他们是怎么来定义生活的质量的。其实人真的撑死了也就活100年,来的时候空空,去的时候空空。曾经的大卫王,拥有一切财富和权力,死的时候还让仆人把他的手放出棺材外面,意思就是人一走,两手空空。看来美国人的生活方式是有些道理的。

在香槟学习的日子里,我们又考察了斯普林菲尔德、布卢明顿、皮奥里亚等地的城市、工厂、农场、农村,发现美国的确有很多与中国不同的地方。

它是一个完全由移民构成的城市,生活中能遇见来自世界各地的人。我们以往周围生活着的都是黄皮肤黑头发的人,现在突然变得肤色不一,发色不一,甚至连说出来的话都带着各种口音。

它的基本建设跟国内是很不一样的。中国正处于城市化的阶段,人们习

24

慣了楼往高处建,习惯了繁华的城市生活。可是到了美国,有种强烈的差异感,周围的房子矮了许多,人少了许多。美国很多城市都已经进入或者完成逆城市化,除了市中心会有高楼,其余的都由卫星城市构成。这里的人习惯了开车,甚至连买菜都要开车去超市。美国地广人稀,城市建设大多习惯了这种放射性的模式,人们大多住着自己家的一栋楼,而不是我们国内人住的单元房。当然,从城市繁荣角度来说,中国已超过美国。美国的楼不高,有些路很旧,居民楼也有很老的。所以,刚来的时侯我觉得,美国也不过如此嘛,甚至觉得像农村。

可是,随着学习和生活的继续,我对香槟及周边城市的了解加深,才体会到两国的区别。首先,从逆城市化的角度而言,美国人能享受更多的生活空间,而不像国内很多大城市居住环境拥挤;其次,美国的很多道路已经修建好几十年了,但是依然没有什么大的损坏。试想每天有成千上万的车子在上面开过,路况一直很良好,其实是不容易的;再次是美国的居民楼,很多也有几十年的岁数了,可是,看起来仍然跟新的一样。美国的基础设施,从软件设施角度来看,的确有值得中国学习的地方。虽然看起来平淡无奇,但质量和实用性是很好的。不知这是不是中西方的一种差异。

中国像年轻人,美国像中年人。年轻人不如中年人有钱有资源,但是年轻人有希望有可能。中国每天在改变,而在美国,很多东西似乎一直这样,中国充满机遇,但中国依然在很多地方落后于美国。中国人民的优点是什么?我觉得中国人民真的是太辛勤了,每天都兢兢业业,努力工作。有个非洲人曾说,非洲很难重现中国的模式,因为对上,没有开明的领导层,对下,没有如中国人民那么辛勤的劳动者。而且中国人民其实也太容易满足了。美国人民的优点又是什么呢?美国人其实很聪明,但不同于中国人的聪明,他们看问题很战略,眼光也很开阔。

看起来,美国的生活似乎很好,收入高,物价低,各种保障也很好,如果仅从物质上说,的确是这样。但是,这些待在海外的人的幸福感并不强。人的幸福取决于两方面,一是物质层面的,二是精神层面的。在美国,从物质层面上可以得到一定的满足,但是,人是一个不会满足的动物,你或许比国内同龄的普通人过得物质条件好一点,但你却失去了亲情沟通的机会,失去了一大批从小一起玩耍的朋友,此时,你会觉得金钱是很苍白无力的,它甚至买不回你跟一群好朋友在一个惬意的午后,在茶馆喝茶的机会。

　　美国人也羡慕中国人的亲情,也就是所谓的老有所养。美国这个社会,造成了大众的独立精神,崇尚美国式的成功,也就是通过个人努力,获得物质和地位上的成功。美国人羡慕中国人的是中国人老了子孙满堂,孩子也经常会来看看。这点对老美来说会很难。在经济上,美国老人通常并不缺钱,退休金都是够的,大多数会去类似"老人之家"的地方,会给你安排一个小别墅,但是很孤独,每年期盼着孩子来看他们一眼。人老了,最缺的不是钱,而是身处寂寞,如果当孩子的能多去看看老人,多跟老人说说话,真的对老人是莫大的欢喜。年轻的时候我们努力赚钱,有时甚至不在乎家庭,等老了,一切就会有这样的报应。所以,好好经营家庭比努力赚钱其实更重要,因为前者是一辈子的,而后者,很多时候是暂时的。

　　我们观察美国,看到美国好的方面,不是羡慕和留恋。中国正在高速发展中,中美存在着许多文化差异,很多方面还要向他们学习。如何学习并超过他们,或许这才是我们要真正思考的。

彼岸的月亮

　　我到美国半个多月了，总是在不断地观察对比思考。总有一些新的念头层出不穷。就像这个夜晚，我望着窗外草坪上的月光，脑海里并未涌现出所谓的乡愁，而是跳出一句曾经的俗语：外国的月亮比中国的圆。

　　这是曾经多么耳熟的话啊。我抬眼看了看天空，月亮并不圆——还不到圆的时候。只是很清晰，远比在国内时清晰——因为这里是郊区，空气好。我

想起这些天的所见所闻，已没有丝毫的不屑和敷衍，而是诚心诚意在探究美国这个"月亮"究竟在哪些方面是圆的。

很明显，我们自己的月亮还不够圆。不过，应该考虑到，中国真正步入现代社会不过 30 年的时间，而取得的成就，几乎超过了欧美国家 300 年的积累。现存的许多问题，是发展过程中必然产生的，只不过，欧美国家在 300 年发展过程中，把暴露出来的矛盾和问题都一一解决了，而我们在 30 年时间内，对一样多的矛盾和问题还没来得及解决。

中华文明源远流长、深邃博大，延续了五千年，能够生生不息地传承下来，绝不是一种偶然。这说明其中绝不仅是糟粕，更多的是精华，一旦中国将现代文明与古老文化传统的优良部分和谐地融合起来，必将爆发出不可小觑的力量，而这是一件早晚都要发生的事情。

与其他民族相比，也许中华民族的国家荣誉感和民族归属感更强一些。在美国数百个民族中，很少有哪一个民族像有中国血统的人那样，始终深情地眷恋祖国，那样在乎"落叶归根"，有一种出于"血浓于水"的本能，发自内心地与生养他们祖先的土地休戚与共。

    美国人也许不喜欢他们的总统,对他们的政府不满意,但心中的爱国情感是非常饱满的。这从家门口都挂着国旗,大小活动都要升国旗、唱国歌,许多人溢于言表,以作为一个美国人——包括"正宗的"美国公民,也包括一些持绿卡的人,还包括一些连绿卡都没有的人——为荣的心态,都能清楚地看出来。

    任何国家、任何民族都有不如人家的地方,任何国家、任何民族也都有强于人家的方面,客观地看待自己,公正地看待别人,才能既不妄自菲薄,又不狂妄自大,守得住自己的老本,也才学得到别人的真经。

别处的生活

在我很年轻的时候，感觉自己生活在世界的中心，周围的人和事物，是这个世界的正面，快乐、单纯，却又充满激情。而在大洋与我们遥遥相对的那个国度，则充满邪恶和侵略性。那时的我，几乎对真实的美国一无所知，因为那是一个遥不可及的世界。我与那个陌生的国度很难产生真正的交集，也还看不出这种可能性。只是在我的耳边，经常听到这样的警告：当心美国生活方式的影响！

人都是有好奇心的，尤其是年轻的时候。随着年岁渐长，心智日益成熟，我的疑问也就越来越多：到底什么是美国的生活方式呢？总得有所了解，才能当心吧。而且到底要当心些什么呢？不当心的话，会有什么后果？以前，中美处于敌对状态，我只能听听广播、收音机，看看报纸、书刊，获取信息的渠道极其有限，几近于道听途说。世易时移，随着国门渐渐开放，中美关系得到改善，新媒体的兴起，使得我对美国的了解与日俱增。当年的那些警告和疑问，渐渐有了一种拨云见日的感觉。我不再纠结于当心与否，因为已经有了自己的判断取舍标准。

于是，我从美国的西海岸跨越到东海岸时，为了找到那种叫做"美国生活方式"的东西，简直煞费心机，而结果也让我大为诧异：美国人根本就没有

一种共同的生活方式,他们各行其是,互不干涉,彼此包容,相互尊重。在那里,全世界的宗教都公开传教,不同的教派的信奉者按照不同的教规生活。新英格兰地区的美国人还保持着200多年前英国的古老习惯。美籍华人们更是原封未动,尊孔读经,同时也供奉赵公元帅。许多在中国大陆早已绝迹的乡规民俗,依然在各个城市中的中国城里恪守不渝。

也许,要真正了解一个地方的生活,需要生活在那里,安一个家,与那里的人朝夕相处,融入其中,从小活到老才够。就如同与我血脉骨肉相连的故土。尽管我离开多年,但根依然在那里。对个人来说,所谓的生活方式,应该就是从他的根,生长出来的枝叶和果实。即便环境有所改变,但根依然穿过遥远的时空,时时处处吸取原始的养料。而在同一片土地上的人,有着诸多相同的气息和味道。例如说话的口音,喜欢的食物,都是他们祖先说过的,喜欢的,而他们的后辈还将那样说,也仍然很喜欢。只是我没有想到,那些古老的生活方式,即便在异域也居然有着这样顽强的生命力。而更为诧异的是,这里还有着如此具有包容性的土壤,让它们一一生根发芽,不被强行改造,从而转变基因。

还有更令人叹为观止的。众所周知,美国拥有世界上首屈一指的现代科学技术,可还有少数人偏偏不使用电器和机动工具,在夜晚,他们还是依靠油灯或蜡烛照明,还是用水车磨面。而与之相邻的是,在工余的晚上,那些灯红酒绿、各式各样的酒吧里,来自不同民族、不同地区的居民却各得其所,相安无事。

一个人只能生活在特定的时代,这是无法逆转和改变的;一个人对于生活方式的选择,反而有可能超越他所处的时代和地域。然而事物总是具有多面性,即便那些自由选择生活方式的人,也依然无法脱离特定的社会环境、文化传统。无论是遵循传统的人,还是追逐时尚的人,他们对生活方式的选择,其实就是对一种文化传统的皈依,都需要合适的土壤。或许,一个人真正可以选择的,只能是心灵的自由。当身与心无限接近契合时,也就无限接近自由。这种心灵的存在方式,也许正是我们选择生活方式的源头。

绿色的国度

在美国,大抵都是城中有林、林中有城;车从林中走,人在画中游;各种建筑物、道路与植物巧妙映衬;人与鸟兽、花草和谐相处,俨然一幅幅美丽动人的画卷。

美国的空气很好,这主要是得益于绿化好,一眼望去满目绿色。无论是普通的住宅附近,还是公路两边,都是绿树和绿地,基本不露土色。无论刮风下雨,阳台外边白色的栏杆上,即便是几个月不经擦拭,也都一样干干净净,一尘不染。

在今天的美国,森林覆盖面积已经超过了国土面积的三分之一。所有的城市,市区内大都绿树如盖,碧草如茵,繁花似锦;喧嚣之外的郊区,更是四野葱绿、花香鸟语。全美 50 个州中,享有"绿城"美誉的城市达到 2700 个左右。首都华盛顿,更是享誉世界的绿化名城,其花坛、草坪、树木、喷泉和各种精巧的公园更是满城可见。

绿色是一种郁勃的生机,从飞机上放眼看去,这片土地上是连绵不绝的森林,绿色在视野中不再是零星的点缀,而是彻底的铺陈。曾经电影中的那种田园牧歌式的稀有之物,在美国都已变作现实,草坪和树木已成为一般民居的必然组成部分。这里的城镇只是星星点点地镶嵌在碧绿的大地之上。这种在美国司空见惯的清新雅致的自然景观,既得益于上天慷慨的

赐予,同时也是美国人精心保护的结果。

美国的社会秩序管理得很好,自然资源也保护得好,到处有条不紊。美国的大小城市,除了道路和高楼大厦之外,一律都是绿色。美国不仅绿化率高,绿化的质量也同样让很多国家望尘莫及。草坪上种植的一律为四季油绿的多年生优质草,修剪后油光平整,恰若绿茸茸的地毯,踏上去软软的,给人很舒适的感觉。

美国的绿化,一般分为两块。一块是私人住宅的绿化,另一块为公共场所的绿化。美国的家庭很重视绿化工作,所以私人住宅的前后都种满花草。种草也很有讲究,首先要选好草种,还要经常浇灌、除虫,及时修理,往往只需要通过草坪的管理,就可以看出这家主人是否勤快。

美国家庭的除草机,就是那种我们国内常见的手推式的。每逢休息日,美国人就开始在自己家门口除草,这也构成了美国的一道特别而亮丽的风景。

相比于私人住宅的绿地,公共场所的草地有专门的除草机,都是由专人管理的。这种机器很大,需要专门的卡车来回运送。这种卡车四边没有车厢板,车厢很低,有一个很大的平台,只有栏杆围着。当卡车车尾将一块铁板放到地面时,锄草机就可以自行上下。

周六的早上,人们还没睡醒,就会听见巨大的马达声,在小区里轰鸣。我当时就想美国也这样"扰民"啊!后来才得知,工人们是为了趁早上天气凉快、剪草、修理草坪呢!他们操作这种机器,就像国内开的电瓶车一样,工人站在机器上,不仅可以在平地上作业,还能够"上山下山"。

有一次,在洛杉矶郊外我碰巧看到一辆卡车载着几个绿化工人,在一个街角停下,正在调换一处绿化草坪,我便饶有兴趣地观看起来。绿化工人的工作非常利索和卖力,他们从车上拿下一块塑料布,铺在地上,再将几只空的塑料箱整齐地放在旁边,然后一块一块地挖起草坪,把开过花的花卉和灌木一支一支地拔下来,在塑料布上甩掉泥土,再把摊于塑料布上的花卉、草皮、灌木和泥土分门别类地放进一只只塑料箱,最后装上车。当全部清理完后,他们又从车上搬下另外几个塑料箱,里面装着新的草皮、花卉和灌木,在经过平整的泥土上,按设计图纸认真地重新布置起来。直到全部草皮、花卉、灌木重新种好后,他们又从车上搬下几袋营养土,一铲一铲小心翼翼地送入已经布置好的花卉和灌木根部。

铺完营养土后,两个工人在地上全身躺下,用戴着手套的双手认真地把花卉和灌木根部的营养土和泥土一一撸平拍实。此时,他们早已干得满头大汗,接下来,他们又开始浇水,直至整个绿化草坪显得平整新颖才罢休。在整个调换绿化的过程中,现场所有的绿化工人没有一个人闲着,个个十分卖力,更没有一个人在旁边抽烟、休息,效率极高。剪草的工人们都带着耳机,刚开始,我还误以为他们是在听音乐,后来才知道他们带的是一种防燥音的耳塞,因为马达燥音太大,这也是一种职业保护。

他们在现场收拾好全部工具、材料以及塑料布之后,最令我们意想不到的事情出现了,他们开始用功率很大的吸尘机,把周围路面上的泥土和残枝败叶吸得干干净净,直到一尘不染。

其实,美国也并不是一直绿树成荫的,早在 20 世纪 30 年代,这片国土也曾遭受过沙尘暴带来的巨大灾难。南方大平原的尘土被强风刮到东海岸,也曾几何时,纽约和华盛顿等城市因黄沙弥漫而暗无天日。之所以会出现这样的情形,除了气候干旱等自然因素之外,主要还是人为的原因。

那时候,因为世界粮食市场需求旺盛,大批私营农场主纷纷来到美国南部,他们开始在大平原大面积地砍伐树木,盲目地开垦荒地换种粮食。因为过度耕种,致使这片大平原的生态平衡惨遭破坏。这种严重的生态危机之后,美国人醒悟了过来,痛定思痛后,他们开始了重建绿色家园的征程。从 1872 年起,每年 4 月份的最后一个星期五被定为全国的植树节,全国开展声势浩大的植树造林活动。罗斯福新政时期,制定了一系列的法律法规,有条件地禁止垦荒,鼓励种树。

时至今日,美国人已经达成一种不成文的共识,生命需要绿色。人们以绿为美,以保护树木花草为己任,以植树栽草种花为荣。越来越多的人钟情于园艺劳作,浇水、除虫、剪草、施肥……他们把住宅周围建成了精巧别致的小花园,草木常青,四季飘香。

在美国,未经批准任何人是不可以随意砍伐树木的,即便是长在私家住宅基地上的也不行。在盖房、修路或者建桥梁时,都必须尽可能地避开森林。倘若实在需要砍伐,那么每砍伐一棵树,就必须再种上一棵。盖楼与绿化得同时进行,在公寓楼竣工之时,即是周围的绿化完成之日。

美国的立法在绿化中起了关键作用,同时美国人也有强烈的守法意识、环保意识。美国的绿化分为国家、州、市、县、社区、单位和个人几级管理,各自的职责很明确,其中个人宅地绿化的比重很大。作为既是森林大国又是木材消耗大国的美国,很少采伐本国的森林,所需木材大多从巴西和加拿大进口。这样,美国才有了永久的草坪舒展,鸟语花香,大树参天。

规则看守的世界

　　美国是一个充分张扬个性的国度。他们既不墨守成规，也不循规蹈矩。从个体来看，它简直是一个万花筒构成的世界。但另一方面，它又非常讲究按原则办事，法制健全，文明规范，整体看来就像一台精密的仪器，外表五花八门，而本质上每个人都在自己的位置按规定的轨迹运行和工作。

　　衣着打扮最能体现一个人的个性特征，还可以表现出个人的审美观念、生活观念、性格秉性、文化教养、职业特征等等。在城市的街头巷尾，你会看到美国人的衣着极为随意，想穿什么就穿什么，想怎么穿就怎么穿，而且基本上不考虑他人的观感，没有"女为悦己者容"一说。而一旦到了正式场合，他们着装严谨，一丝不苟。从这一点上来看，美国人的衣着打扮可谓"两极分化"，要么极为正式，要么极为随意。

　　从美国东部的华盛顿、纽约、费城，到中部的芝加哥，再到西部的洛杉矶、旧金山，各种款式、质地、风格甚至季节的衣着都有。但从衣服的材料来分，最多的则是纯棉和牛仔。纽约的曼哈顿岛上，摩天大楼林立，街道繁华，人群熙攘。在同一条街道、同一个时间段，有穿短袖衫短裤的，有穿长衫长裤的，但也有穿皮夹克甚至防寒服、皮大衣的。看着这一街人，你有季节错乱的感觉，好像联合国突然在纽约召开会议,并且有一条特殊约定,不论是生活在热带亚热带,还是生活在寒带的人,必须一律穿着当地的服装前来出席会议。

在这里,美国人的衣着五花八门,除了他们崇尚自由的天性外,还有一个原因就是这个城市的气温适于所有衣着的人群。

一天,我在纽约联合国大厦门口,看到突然开来几十辆大客车,从车上下来的全是叽叽喳喳的中小学生。乍一看,他们的衣着制式统一,可细一看又不对了,虽然都是大背心,但长短不同,最长的背心遮住大腿,变成了裙服。还有几名黑人学生,竟然各自多穿了一件背心,而且里面套的背心竟然比外面的还要大。这真是让人忍俊不禁。

这就是由一百多个民族构成的美国,这就是美国人的个性。他们崇尚自然、自由的天性保持完好。

然而有趣的是,衣着的多样化和自由化并不表示美国人不守规矩,他们在公众场合又是极其遵守规则的。我们在好莱坞参加了两场群众活动。走进基于影片《未来水世界》设计的娱乐现场,只见三面环绕的梯形台上坐满了观众,男女老少不下几百人。中间是一个大水池,水上搭起两座建筑物。当大部分观众坐好后,又陆续进来了一些人。这时,只听广播中响起"请大家靠右挪动"的声音,虽然没有人指挥,但我看到所有的观众都站起来,整齐地往右挪,可能是第一次挪得不够,又一次响起了往右靠的声音,于是观众又整齐地站起身,往右挪。我当时就在心里说,看来美国人也是一切行动听指挥啊。

接着,我们又观看了环球银幕。走进光线暗淡的穹厅,里面黑压压的。在立体电影正式放映前,走出来一位年轻漂亮的女主持人,她说,为了让更多的人进来,请大家一起往左移。她说了两次后,我就感觉被一阵涌浪推着走,而大家没有任何怨言,也没有任何犹豫,只是静静地往左挪动。而在那一刻,我心底同样浮起这样的感觉,这些美国人可真听话。

一天清晨,我从旅馆出发,路上经过一个居民区,在类似我们城市街心公园的草坪上,插有一个木牌,上面写着:"保持清洁,看好你的宠物。"意思是请主人把自家小狗的粪便收拾干净。当时草坪上正好有几个女人在遛狗,一位遛狗的少女弯下腰,手上套着一个大塑料袋,正在收拾狗的粪便,而旁边监督她的,只有那个小小的木牌。

"听话"其实是遵循公众秩序。在秩序面前,大家都应该"听话"。而所有用以规范秩序的制度都是有代价的,如交通法规是用血换来的。美国的司机

也实行 12 分制，但管理上比中国要严得多，随意并线扣 6 分，蛇形超车扣 6 分，超速扣 4 分，而且其后的罚款会让你心惊肉跳。

秩序的建立，最早往往带有强制性，时间长了，就演变成文明习惯和文化教养。当年，北京为治理公共场所随地吐痰和随意丢烟头，市长还亲自上街罚款。如今已初见成效，北京街头随地吐痰的现象已经很少见到了。

我在美国联航的飞机上，听到中英两种语言广播说，飞机上严禁吸烟，违者罚款 2000 美元。下了飞机后，我问随行一位烟瘾特别大的朋友：“像你这种烟民，在飞机上十几个小时不抽烟，熬得住吗?”他回答说：“抽烟要罚 2000 美元，兑换成人民币要一万三千多块呢。我为抽一口烟交给美国政府一万三千多，值吗? 这么一想，连抽烟的念头都没有了。”

他这么一说，我也就更加释然了，更加理解他的“理智选择”。当违反规则的代价远远大于人们的心理承受能力时，规则便有了真正的制约效果。

这是一个规则看守的国度，人们外在看似自由随意，内心却热情奔放，而在公共场所，他们比我们更要“循规蹈矩”。

这也是美国民族精神的主要内涵之一。

美国人的性格

　　每个民族都有其独特的性格，人们通常会谈及中国人的中庸，法国人的浪漫、英国人的矜持、日本女子的柔顺等等，同样，美国人的性格也有其显著的特点。

　　但凡同美国人有过接触的，都会认为美国人待人热情、易于接近、开朗大方。当你初次结交一位美国人，他会对你滔滔不绝、侃侃而谈，使你毫无拘束之感；如果你在大街上迷了路，也会有人热心地为你指点。即便你只是在街上，对陌生人无意多看了几眼，他也许会向你微笑，点头致意。避暑胜地夏威夷岛上的居民尤以好客著称，游客刚一踏上夏威夷岛，美丽的夏威夷姑娘就会立刻迎了过来，为你献上美丽的花环。这种花环是用新采摘的兰花扎成，幽香馥郁。

　　对美国人做事的快节奏，许多中国人感到困惑不解。初到美国的人，第一印象大概就是美国城市里的人个个都行色匆匆，似乎总是赶着朝什么地方去，即便是中途被阻片刻，他们就会变得极不耐烦；公共汽车司机催促你，商店的售货员急急忙忙地对待你；你在街上走，后面的人一推就走到你的前面；你买东西或到外面吃饭，没有人跟你说笑寒暄。此时，你千万不要误以为这是他们对你的不友好表

示。通常，大城市以外的生活步伐就慢多了，其实，别的国家也有这种现象。

从东到西，住在纽约、芝加哥或洛杉矶等大城市的美国人，往往觉得人人做事都同样在赶；他们总是在预想着被别人也推一下，跟东京、香港或圣保罗的人没有不同。不过，如果他们一发现你是异乡人，多半会停下来对你表示友善，并尽力帮助你。他们当中的许多人最初也是以异乡人的身份来到这座城市的，他们记得踏入一座新城市时，心里有多惊恐。

如果你想问什么问题或需要帮忙，大可找一个面容和善的人，对他说："你能帮我一下吗？我是外地来的。"此时，大多数人会停下来，微笑着答复你的问题，给你指点途径。但你必须让他们知道你需要人帮忙，否则他们多半会从你身旁匆忙走过，根本不会注意到你是外地人，也不知道你需要帮忙。当然，也难免你偶尔会遇到一个本身太忙或赶着办事没法帮你的人，遇到这种情形，你也不必气馁，只要另找别人，大多数美国人都乐于帮助外来客。

别人对自己的印象，是美国人非常看重的。那种受大家喜欢、具有吸引力的人，会收到他们的一致推崇。因此他们总是希望能结识更多的朋友，同别人无拘无束地接触。美国人互相交往时，不喜欢服从于别人，也不喜欢别人过分客气地恭维自己。美国人所担心的是被别人视为不易亲近的人而受到孤立，这对平民百姓来说，意味着寂寞；对政客们来说，则意味着竞选的失败。因此，美国人交朋友的特点大都只是交情泛泛，他们希望给别人一个好印象，同大家的关系都十分融洽，但是却往往缺乏那种可以推心置腹的知交。

美国人能够与人一见如故，迅速博得对方好感。但是可能一周之后，他们就会把你忘得干干净净。因为他们喜欢新东西，如同对待自己的旧车一样，他们也废弃自己的朋友。在结识人方面，没有人比美国人更迅速。同样，在建立一种真正的友谊方面，也没有人会比美国人感到更为困难。

相比较于英国，你可能会发现美国有一个十分有趣的现象。在英国，如果你询问某人的身份时，往往会得到一长串的祖宗姓名和头衔的回答。在那里，一个人的出身往往决定了他的命运；而在美国，别人向你详细介绍某人时，只会说："这位是畅销书的作者"，或"这位是某某学校的网球冠军"之类，绝对不会大摆其家谱。当然，这与美国短暂的历史有关。北美殖民地时期，不存在固定的地位和传统等级，一个人只有靠成功才能出人头地。美国总统林肯曾经十分幽默地说过："我不知道我的祖父是何许人。我更为关心的是他的孙子将成为一个怎样的人。"这实在是美国人特点的真实写照。

你也许注意到美国人很好动,这是他们的另一个特点。他们总是追求新奇的事物,在冒险中寻求刺激,不断地改变环境。稳定的生活和安宁的环境,从来不能获得他们的满足;美国人喜欢运动、旅行,变换职业和四处迁居,有的甚至喜欢拿生命去冒险。在美国,大学教授可能某一天会去当公司经理,银行家也可能一夜之间改行当了农场主。美国前总统杜鲁门在跻身政界以前就先后当过农民、杂货店老板、军官和律师;里根总统也曾从事过救生员、播音员和电影演员等多种工作。

住在美国中部平原和中西部地区的人,往往只为同朋友吃顿晚饭,就可以驾车到120公里甚至160公里外的邻城;同样,他们为了听一次音乐会或看一场戏,也可以不惜跑到另一个城镇。许多青年为了想看看本国另一个地方的风景,往往自己挑选就读的大学,也距离自己的家和亲友的住处都很远。美国人喜欢在自己的国家里旅行,也喜欢到世界各地旅行。他们总想知道附近山头或邻市以外的地方到底是什么样的。

这些年来,美国人迁居的现象更为常见,每年全国约有4000万人搬家,也就是说平均每五户中就有一家三年迁居一次。这种频繁的迁居,在某种程度上正是他们不习惯于平淡无奇的生活的真实写照,渴望看到新地方,寻找新的就业机会,获得新成功的性格。每逢星期六和星期日,到处都可见到急于搬家的美国人贴出临时广告,出售家中的大小物品。

为了打破生活上的沉寂,有些美国人甚至采取一鸣惊人的办法,拿生命当儿戏,耸入云霄的纽约摩天大楼,有人敢于从外面攀援而上;尼亚加拉大瀑布终年奔腾呼啸,也有人敢于躺在铁筒中顺流而下;浩渺无际的大西洋,更有人敢于乘着气球飞越而过。美国人性格中的求新与冒险精神,确实是较之其他民族更为突出。

在美国,个人独立性和个人权利则至高无尚,当然他们家庭和集体也重要。但这与中国人的观念差别很大,中国人往往将家庭、集体和国家的重要性置于个人之上。美国人的强烈个人独立性,与从小的培养和锻炼密切相关。美国小孩出生六个月后,一般就与父母分开单独睡觉,父母亲也从小教育和培养孩子自我独立和依靠自己的特性。绝大多数美国人长大之后,都是自己选择生活道路,自己选择主修专业,自己选择工作生涯,自己选择婚姻对象。总之,自己掌握自己的命运,而不依附父母或社会之命。

美国人的个性独立性好像有些不近人情，往往使他们以自我为中心，其实不然，这种个人独立性主要建立在依靠自己奋斗和个人能力基础之上，而且，强调个人独立性的态度，也使美国人一般能尊重他人，相信所有人应是平等的。

与美国人强烈的竞争意识一脉相承的，便是他们对体育的狂热。由于强烈的竞争意识，美国人非常崇拜运动场和生意场上的破纪录成就，甚至日常一些不足道的成就也为他们所迷恋。有时竞争意识对美国人误导很大，如对一本书或一部电影，他们往往不是以内容的如何，而是以能否成为畅销书或多少票房价值来衡量其成就。而中国人一向推崇"和为贵"，行为准则讲究谦虚谨慎，且做事要三思而后行。这与美国社会的竞争状态大不相同，所以中国人初到美国，往往一下子很难适应美国人的激烈竞争心态。

在中国，几千年来所谓的"面子"被视为比生命更重要，说话做事人们总是把"面子"放在第一位，深怕伤了自己和别人，有时甚至会作出宁要面子，不要生命的事来。而美国人却坦承和直率，总是直言不讳，不善于转弯抹角。对他们来说，问题的实质和利益的所在，远比保全"面子"更重要。美国人觉得过分的客套是在浪费时间，所以在交谈中，他们也是直入主题，因为美国人的时间观念非常强。

对美国人的坦诚与直率，中国人开始会不很习惯，需要一段适应的时间。美国是个多元化社会，大多数人已养成"对事不对人"的态度，有意见大声说出来，即使不正确也没有什么关系。

美国社会由于竞争激烈，充满了运动和变化，人们始终处于奔忙之中，结果也就养成了美国人的紧张时间观。对于美国人来讲时间真的就是金钱。大多数美国人都有一个时间登记表，每天的事情安排得满满的，非常紧张。美国人紧张时间观的最大好处，就是做事效率极高。试想一下，一天到晚总是在奔跑，怎能没有效率！相比而言，中国人的时间观很长，做事动辄以天来计算，而不像美国人以小时来计算，效率自然要差很多。美国人的紧张时间观，也使他们约会一般非常准时；相反，不少中国人因为没有时间观念，约会总是迟到，甚至迟到好几个小时，这种习惯在美国很难被人接受。

美国人处处以法为先，强调按法律办事，做事大都有合约，双方签字，依法行事，如违反则按规定处理，没有什么情面可讲。这与中国人重情是不同的，所以签署任何文件时，务必弄清其中规定，如有不清楚的地方，一定要弄明白再签字，或拒绝签字；一旦签了字，就要依约行事，违反就要受罚，不可不慎。

绝大多数美国人都有很强的公德心性格，在一举手一投足的行为中都能表现出来。如入室开门时身后有人紧随，美国人一般都会将门扶住等后面人接手，以免门关上时撞到后人身上。如果你替别人扶住门，他也一定会说一声谢谢。

我们常常在美国影片中听美国人说到"你有权如何，如何"其实这是美国人的一大特点，是权利与义务分明。对美国人而言，该享有的权利决不会放弃，如遇受损必据理力争，即使好朋友也不行，该上法院时决不会犹豫。

他们虽然不把义务放在嘴上，但他们对自己该尽的义务非常清楚。一般来说，美国人只要认为有人未尽义务就会管，甚至告到警察局去。

神秘的西点军校

从新泽西州我们客居的酒店,驱车北行一个小时便抵达闻名遐迩的西点军校。

特质

西点军校因位于哈德逊河西岸的西点镇而得名,其正式名称"美国军事学院"反而鲜为人知。西点依山傍水,地势险要,加上哈德逊河贯穿南北贸

易、交通、军事大动脉的优势,使这里成为美国独立战争中一个重要的军事要塞。独立战争胜利后,美国开国元勋们意识到,必须建立一所军事院校,培养和造就有作为的军事人才。于是1802年7月4日,美国独立纪念日这一天,美国历史上的第一所军校——西点军校宣告成立。

经过两个世纪的演变,西点军校占地面积已从当年的1800英亩扩展到现在的16000英亩,在校学员也由最初的十人发展到如今的三四千人的规模。据当地朋友介绍,西点军校每培养一名军事人才,约需耗费25万美元,不砸进去一个百万富翁,是毕不了业的。

校园很漂亮,绿树、古堡,花香鸟语,粗看一眼,很难让人将这个风景如画的所在与军事联系在一起。待得仔细去看,才发现它的特质。经历了南北战争、美墨战争以及其他许多次战争的洗礼,西点军校培养了无以计数的美国乃至世界知名的军事指挥官。为了纪念那些威名远扬的校友,后人不仅以他们的名字命名建筑、广场、道路,如格兰特大楼、艾森豪威尔大楼、雷兹广场等等,还为他们建造了雕像。他们,永远地存在于西点军校的天空中。在西点军校东部哈德逊河口处,有高耸入云的美国独立战争纪念碑和为抵御英国殖民者入侵而修筑的古炮台。被岁月长久浸泡的碑身与炮台,透出冰冷的历史凝重感,让人仿若置身于那硝烟弥漫的年代。

在两百多年的历史长河中,西点军校不仅培养了格兰特、艾森豪威尔、麦克阿瑟、巴顿等众多耳熟能详的世界名将(前两位曾任总统),还是政治家、企业家、金融家、作家、艺术家、工程师等各种人才的摇篮。几年前,在美国4000多所高等院校排行榜上,西点军校以其斐然的教学业绩、独特的专业精神和良好的毕业任职前景跃居榜首。一所军事院校,为何能培养出如此众多影响世界的精英人物,不能不引人深思。

要义

当然,培养军事人才始终是西点军校的第一要义。

美国历史上出现过五位五星上将,除乔治·马歇尔外,其余四人全是西点军校的毕业生。他们是:二次世界大战期间担任太平洋地区美军最高司令的道格拉斯·麦克阿瑟、上世纪40年代末晋升为美国空军将军的亨利·哈普·阿诺德、二次世界大战期间担任欧洲盟军最高司令的艾森豪威尔以及在上世纪40年代末出任美国首位参谋长联席会议主席的奥马尔·布拉德利。

西点军校绿树、古堡，鸟语花香

按照美国军衔制度规定，五星级将军是终身制的，不必退役，唯独麦克阿瑟例外。

麦克阿瑟1898年进入西点军校，当时麦母放心不下，在其宿舍对面的一家旅馆租了一个房间，长期监控儿子读书是否用功。直到麦克阿瑟四年后从西点军校以优异成绩毕业时，一心"望子成龙"的麦母这才退掉了旅馆的房间。

麦克阿瑟虽然在二战期间非常有名，但他最后的下场不好。

1950年9月15日，麦克阿瑟率领打着"联合国军"旗号的美军在朝鲜半岛南部仁川成功登陆。他一时成为整个西方世界最大的战争英雄，所有美国人几乎将他看成神。当不断接到中国警告的美国总统杜鲁门思考中国是否真的会参战这个问题时，麦克阿瑟却根本没把"懦弱的中国佬"放在眼里。他认为："如果中国人试图前进到平壤，那将出现一场规模最大的大屠杀。"但麦克阿瑟没有想到，他很快就会败在一个朴实至极的中国将军手上，而且败得很惨。

美国人没有原谅这个造成"美国建军史上最丢脸的失败"的所谓世界名将，麦克阿瑟被杜鲁门勒令解除军职，踽踽残生。

而他的对手彭德怀，在 1955 年新中国登坛拜将时，位列十大元帅第二。麦克阿瑟在朝鲜战场的两位继任者李奇微与克拉克，也都是毕业于西点军校。三位西点军校的骄傲无一例外败给了"泥腿子"出身的彭德怀，历史让人深思。当然，或许并不能说这就是西点军校的悲哀。

点子

作为世界知名的军校，西点军校一直是无数青年人的梦想。毕竟，在这里不仅能接受高端的军事教育，还能满足不少人借此升官发财的渴望。

西点军校当然不是一般人就能进的，报考西点军校的学生，必须向陆军部或自己所在选区的国会议员写信，说明他们为什么对西点军校感兴趣，军校根据陆军部或国会议员的推荐介绍严格考核、择优录取。在西点军校招生的历史上，只有一种人可以享受直接进入西点军校的特权，他们是荣获总统颁发的最高军功奖章（国会荣誉勋章）的军官子女们。自从美国建国以来，只有 200 多名军官和烈士荣获过美国总统颁发的国会荣誉勋章。越南战争结束后，美国总统一直没有机会颁发这种荣誉勋章。直到 1994 年，两名美国军官在索马里的维和行动中以身殉职，克林顿总统这才颁发了两枚国会荣誉勋章。也就是说，只要这两位烈士的子女向往，他们

便可以在适龄时直接进入西点军校。

西点军校的学习和训练生活是非常紧张和艰苦的。学员们必须在 4 年时间内完成和考试通过 31 门主课和 9 门选修课,每天不埋头苦读到午夜 12 点是断不能熄灯休息的。夏天里,学员们会背起行装到西点北部的一个森林地带进行野外军事演习。他们在无边无际的森林里靠指南针和地图行进,日夜风餐露宿,攀登悬崖峭壁,使用各种武器,完全按照战时的要求进行训练。

点子制度是西点军校的一个特色。在军校里,学员任何过错和失误,都会被作为点子由教官记录下来。点子记录到一定数量,就会受到相应处罚。这有点儿像电视剧《铁道游击队》里面,王强威吓伪军汉奸的那一套。处罚方式很多,如面壁罚站、做俯卧撑等,点子多的学员会被勒令身着军装、背着长枪,在华盛顿大楼后面的军营院子里来回走正步,少则几个小时,多则几十个小时。

西点军校的学员们特别欢迎国家元首来校视察,因为国家元首有赦免点子的权力。美国总统兼总司令到来后,通常都会深表同情地慰问学员们,然后一笔勾销他们的所有点子。到访的外国元首,也有这个权力。如果他们不知道有这个惯例,便会得到陪同教官或学员委婉的提醒。于是到访的元首心领神会,在致词最后宣布:"我赦免你们所有的过错!"一时欢声雷动,不禁让人怀疑这些未来的美军精英到底效忠于谁。

花边

神秘的西点军校过去长期以来一直是男子汉的一统天下,但在美国女权运动的抗议冲击下,最后不得不向小女子们敞开胸怀。军校目前有 400 多名女生,男女学员的比例大约是 10∶1。1976 年雄赳赳粉面登场的首批女学员,后来走上了领导岗位,她们中官衔最高的已到了军长一级。

说来有趣的是,军校里没有独门独户的女生宿舍。男女学员同住一个宿舍楼,同享一个楼道。学员们两人一间,两名女生的隔壁是两名男生,两名男生的隔壁又是两名女生。据说,这种交叉居住是为了让女学员真正体验军校的传统和精神,使她们不感到特殊和孤立。西点军校允许学员谈恋爱,但不准他们在学习期间结婚。因此,毕业典礼事实上会成为许多毕业生的婚礼。

一所西点军校,是美国精神的一个缩影。在这个浪漫与清规并存的地方,我们可以读懂很多东西。

自由女神

　　自由女神像，全称为"自由女神铜像国家纪念碑"，正式名称为"自由照耀世界之神"，位于纽约哈德逊河口的自由岛上。这日天气晴好，我们来到曼哈顿下埠码头，乘渡轮向自由岛进发。距离不远，大约一刻钟的时间就到了。渡轮上的各国旅人，都兴高采烈地涌上岛去。

　　这是一个很小的岛，原名贝德洛斯岛，自从自由女神在这里定居以来，人们就叫它做自由岛了。

整个岛就是一座花园,环境很好。上岛就可看见自由女神,巨大、夺目。整座铜像以 120 吨钢铁为骨架、80 吨铜片为外皮、30 万只铆钉装配固定,高达 90 多米,总重量达 200 多吨,十分壮观。我在日本东京台场见过自由女神的缩微品,此次见到她的本身,内心仍有初见似的震撼。

我们走向正面,向自由女神凝望。底座太高,看不见自由女神的脚,但可以清楚地看见她全身的大部分。女神目光坚毅,双唇紧闭,头戴一顶发射七束光芒的冠冕,身着古罗马长袍,右手高擎火炬,左手紧抱一部象征美国独立宣言的书,上面有"1776.7.4"的字样——那是美国宣布独立的日子。火炬长达 12 米,是整个神像的画龙点睛之笔,每到夜晚,通明如生。花岗岩基座上,镌刻着美国女诗人埃玛·娜莎罗其的那首脍炙人口的诗《新巨像》:

送给我／你那些疲乏的和贫困的挤在一起渴望自由呼吸的大众／你那熙熙攘攘的岸上被遗弃的可怜的人群／你那无家可归饱经风霜的人们／一齐送给我／我站在金门口／高举自由的灯火

这座屹立在蓝色晴空下的雄伟雕像,放出铜的绿色。在女神的眼角、鼻梁、左手的手指等一些部位上,都可以见到有一种晶莹的绿光在闪烁。此时,一朵白云缓缓地移到了女神的七芒冠背后,似乎形成了她头顶上的一圈灵光。我仿佛看见了她的灵魂。

大家循着一条平整的大道,绕向神像四周。热情的美国导游,一边走一边向我们介绍自由女神的来历。

自由神像是法国在 1876 年赠送给美国独立 100 周年的礼物,象征着美法两国人民之间的友谊。它的创造者是法国著名雕刻家费德列·奥古斯特·巴托第,铜像内部的钢铁支架则是由以建造巴黎艾菲尔铁塔闻名于世的法国著名工程师艾菲尔设计制作的。自由神像至今被认为是一个卓越的力学成就。

才华横溢的巴托第出身于法国的一个意大利人家庭。他从年少时就酷爱雕塑艺术,自由女神的形象很早就存在于他的心中了。1851 年波拿巴发动政变推翻第二共和国后的一天,一群坚定的共和党人在街头筑起防御工事与敌作战。苍茫暮色中,一个年轻姑娘手持熊熊燃烧的火炬,跃过障碍物,高呼"前进"的口号向敌人冲去。波拿巴分子的枪声响了,姑娘倒在血泊中。巴托第知道这件事情后,心情久久不能平静。从此,那个高擎火炬的勇敢姑娘就成为他心中自由的象征。后来,巴托第以后来的妻子让娜为模特儿塑造出一座雕像:照亮全球的自由女神。1886 年 10 月 28 日,美国总统葛洛佛·克里

夫兰主持了自由女神的落成典礼。当时,礼炮齐鸣,旗帜飘扬,港口所有的船只都鸣笛致敬。

离自由岛不远的地方,还有一个小岛:爱丽丝岛。从刚观看过的美国移民史展览可以了解到,"爱丽丝岛"这个名字曾经引起过无数人心灵的激荡和震颤。在1892年至1943年间,爱丽丝岛是美国主要的移民检查站,估计不少于1700万移民由此接受移民局审查,获准进入美国。平均到每天,也是一个惊人的数字。向往自由的人们自世界各地跋涉而来,登上这个爱丽丝岛,拜倒在自由女神的国度。而如今,爱丽丝岛已不复往日喧哗,只剩下了一片沉寂。1943年移民检查站迁往纽约市区,1965年该岛成为自由女神国家纪念公园的一部分。自由在哪里?他们最终找到了自由吗?我们不知道。

告别自由神岛,渡轮将回曼哈顿去。在渡轮上,我回头再看那小岛,再看那比小岛更远的小岛,满目都是高擎自由火炬的自由女神。那燃烧的火炬仿佛是一曲无声的音乐,在我心中熊熊地燃放、熊熊地歌唱。自由女神那古老的长袍,那特别的斜襟,那流水般的褶子,那姿势、体态、容颜,尤其是她的目光,仿佛都形成了一种旋律,在我心中不停地回响。她正隐入一片烟水的苍茫之中。然而,她那庄严而又美丽的仪容,她那寓刚于柔的悲壮的仪态,深深地感染着我,并且永远地刻印在我的脑子里了。

哦,自由女神!

感恩节

马萨诸塞州有个港口叫普利茅斯，不大，但很有名，因为它是美利坚合众国历史的始点，也跟感恩节有关。

1620年9月，欧洲清教徒不忍英国政府和教会对他们的残酷迫害，102名清教徒登上了一艘重180

吨、长 90 英尺的木制帆船"五月花号",开始向 100 多年前哥伦布发现的这片新大陆远征。当时,海上风急浪高,"五月花号"就像狂风暴雨中的一片树叶,艰难地向西漂泊,随时都有船毁人亡的危险。好在上天保佑,船只没有遇到任何损害。经过 66 天的航行,船只终于抵达北美大陆科德角的一个港口。稍事休整后,他们继续沿海岸线前进,但因逆风和时差的原因,他们最终没能到达预期的目的地——弗吉尼亚的詹姆斯敦,反而在圣诞节后的第一天登上了新英格兰的土地。

遥望这片陆地,这批远来感到了完全的陌生。他们在一个月的时间内没敢贸然靠岸,仍然以船为家,只派出几个人乘小船在科德角湾沿线寻找适合他们的定居地。不久,"侦察员"发现了一个天然的良港,附近有一个优良渔场,可以提供大量的海产品;不远处一片小山连绵起伏,宛若一道天然屏障,把这块土地环绕起来;在明亮的阳光下,结了冰的小溪反射着晶莹的光泽,可以提供充足的淡水;曾开垦过的肥沃农田,整整齐齐地排列着……

一切都不能再好了,唯一令他们感到迷惑的是,这片到处都有人类生活痕迹的土地,为何却看不到一个人影,一缕炊烟?倒好像是事先就为他们准备好的一样。后来才得知,这里原来是一个相当繁荣的印第安村落,几年前天花猖獗,全村无一人幸免,所以才给这群异国漂泊者留下了这块难得的避难所。

于是,"五月花号"开进了港口,他们划小艇登陆,并以他们出发地的老港口的名字为这里命名——普利茅斯。

然而,接下来的生活,并不像他们想象得那么美好。这个冬天,从大西洋上吹来的凛冽寒风,魔鬼一样在空中嘶鸣;漫天的冰雪,无情地拍打着简陋的住房。冰天雪地里,他们缺少必要的装备,也缺乏在这种环境下生活的经验,不少人累倒和病倒,接踵而来的是传染病,几乎每天都有一家或几家在做丧事。一个冬天过去,他们只剩下了 50 来人。

第二年的春天,一名印第安人在一个清晨走进了他们的村子。他是临近村落的印第安人。村民们向来者倾诉了自己的来历和所经历的苦难,引起了对方无限的怜悯和同情。几天后,印第安村落的酋长来了,给他们送来了许多生活必需品,并派来最有经验、最能干的印第安人教他们捕鱼、狩猎、耕作以及饲养火鸡等技能。接下来的一年风调雨顺,加上印第安人的指导和帮助,他们获得了大丰收,终于闯过生活难关,过上了安定、富裕的日子。

这年秋天,为了感谢上帝的恩赐,让他们大难不死,幸存下来的 52 名清教徒设宴欢庆他们的第一个丰收年,并邀请当地印第安人代表前来作客。这

是印第安人第一次也是最后一次参加这样的庆祝活动。

第一次感恩节不久,白人殖民主义者却开始大批屠杀印第安人,他们用刀枪和炮火,将印地安人们从祖居地上粗暴地赶走,将他们的头颅砍下来,把整村整村的男女老幼杀个精光,最后只星星点点地划出那么几块"保留地",让少数的印地安人在里面"自由"地生活。从此,感恩节被人遗忘。

直到1789年,华盛顿总统才宣布11月26日为国家感恩节,感谢上帝赐予美国成为一个独立自由的国家,但这时各州感恩节的日期已不尽相同。1863年,林肯总统宣布每年11月的最后一个星期四为"感恩节",全美才统一了这个节日的时间。

每当白人们欢庆感恩节,普列茅斯市邀请好莱坞影星到当地重演当年欧洲清教徒登陆的情景时,印第安人团体代表都要前去举行抗议活动,谴责美国白人武装入侵美洲大陆,到处进行种族屠杀和强迫印第安人改变自己的宗教信仰。对印第安人而言,移居北美的欧洲白人是他们今天受苦受难的根源,他们把感恩节称为"悼殇日"。

印第安人之殇

我一直悲悯于印第安人。在人类文明进程中，每一个民族都有自己的苦难史。但没有哪一个民族有如印第安人这般充满矛盾。它的被发现与被屠杀在世界史上是浪漫的情绪下很冷的一笔。

噩梦的开始

在哥伦布 1492 年发现"新大陆"之前，北美洲

便早有印第安人在此繁衍生息。当时,北美洲的土著印第安人口接近 100 万。他们世代过着刀耕火种的原始生活,有着自己的语言和生活方式,勤劳朴实,与世无争。哥伦布虽是航海家,见多识广,却也有孤陋寡闻的时候。当他抵达"新大陆"时,还以为抵达了自己梦寐中的印度,于是把这些土著居民误称为印度人。后来的人们沿袭了这个称呼,只是为了把被张冠李戴的美洲土著同真正的印度人区分开来,改称他们为美洲印第安人。

白皮肤黄头发的欧洲来客让印第安人兴奋不已,哥伦布一行人被他们称为"天上来人",有如是他们猜想了许多年的神灵派来的天使。哥伦布所到之处,无不受到热情接待。印弟安人带着敬畏和好奇的目光,围着这些"天上来人",一个个激动得不知所措。随后,他们用狂欢的舞蹈和野味款待"天上来人"。他们无邪的内心和疯狂的舞步深深感动了哥伦布。哥伦布在《航海日记》和写给西班牙国王和王后的报告中,这样描述印第安人:"正直、朴实、刚毅、勇敢、感情丰富、温柔、谦和、说话算数、忠厚老实、慷慨大方,可以称得上是世界上道德最高尚的民族。"哥伦布措词激昂,几乎将所有赞美的词汇都用上了。

不久后,哥伦布发现新大陆的消息弥漫了欧洲。欧洲人的穷苦人为了寻到一线生机,纷纷来此广袤而蛮荒之地淘金。印第安人十分好客,带着"自然人"的至善情怀,教这些外来贫民怎么开垦土地种植作物、怎么设置陷阱捕捉野兽……

印第安人没有想到,他们的噩梦就要开

始了。

血泪之路

很大程度上说，欧洲殖民者征服北美洲的历史是印第安人被围剿滥杀的血泪史。西方殖民者对印第安人的围剿与屠杀，从1622年开始持续了一个多世纪。《世界通史全编》有这样令人毛骨悚然的文字："在当时世界'文明'的国度美国（这里指美国独立前的十三个殖民地），这种种族火绝政策，来得更加凶残。他们一再提高屠杀印第安人的赏格。那些谨严的新教大师，新英格兰的清教徒，1703年在他们的立法会议上决定，每剥一张印第安人的头盖皮和每俘获一个红种人都给赏金40镑；1720年，每张头盖皮的赏金提高到100镑；1744年马萨诸塞湾的一个部落被宣布为叛匪以后，规定了这样的赏格：'每剥一个12岁以上男子的头盖皮得新币100镑；每剥一个妇女或儿童的头盖皮得50镑！'"最后，少数幸存者逃进深山老林。

美国独立以后，新政府对印第安人的屠杀和虐待并没有丝毫收敛。1830年，美国政府通过《印第安人迁移法案》，规定印第安人要全部迁往密西西比河以西的为他们划定的保留地中去，实行种族隔离和迫害。这些所谓的"印第安人保留地"，其实绝大部分是偏僻贫瘠的山地或沙漠地带，几乎与世隔绝。一个名叫切罗基的部族，在被迫迁往"印第安准州"的迁徙中，历时半年，近三成人丧生。这一惨剧后来被称为"血泪之路"。为对付印第安人，美国还

成立了专门的正规军——美国陆军第一团。可以说,印第安人是世界上最惨烈的一个民族。持续300多年的大屠杀,使得印第安人几近绝种。

因为历史沾染的血迹过多,以至于许多人以为印第安人早已经消逝了。

1924年,美国通过法律承认印第安人为美国公民,目前全国约有190万印第安人。克林顿当政时,曾邀请几百名印第安人代表到白宫作客两个多小时。克林顿为了安抚印第安人,宣布了一些象征性的措施,比如要求政府各部门都要同印第安人部落直接打交道,帮助他们克服发展障碍,答应让印第安人今后更容易地从联邦土地上获得自然死亡的老鹰的羽毛,等等。但作为二等公民的印第安人仍然被排斥在社会之外,他们以狩猎和务农为主,大部分人生活在贫困线以下。近三十年来,保留地内的印第安部落同外界发生接触增多,逐步发展起自己的工业和商业,有的还开辟旅游业。如今,印第安人保留区已成为美国人和外国人参观游览的一景。

沉默与呐喊

印第安人有自己特别的法院和刑法。比如,若是有人犯了抢劫罪,会被部落法庭判处流放到荒岛居住一年半载。部落为犯人配备必要的工具,包括挖掘蚌壳的叉子、砍伐柴禾的斧头和锯子。他们携带睡袋和几天的食物,被渔船送上荒岛。荒无人烟的小岛上,林木森森,猛兽出没。在这种环境里单独生活,无疑是一个极其严峻的考验。有人认为印第安人的这种刑法太不人道,但是主持审判的部落长老会宣称,暂时的放逐是为犯罪的人提供最好的改过自新的机会。他们认为把人扔进监狱不能得到改变,在监狱里除了终日饱餐就是看电视。

印第安人的一些观念像童话,很奇特。他们认为把玉米种子撒在田里,是使大地受孕。生出的玉米嫩苗就是大地的婴儿,"婴儿们"需要有人陪伴,给它唱歌,直到"长大成人"。这个道德崇高的民族,因为曾久远地生活在崇山峻岭中和亚马逊河原始流域,而十分崇敬自然,一草一木、一山一石都能牵动他们丰富的原始想象。他们在相当程度上已被基督教信仰所同化,但其原始信仰仍在,两相混杂。形成了一种奇特的宗教信仰。印第安人认为是上帝创造了万物,世上的一切皆有灵性:蛇可以把来自祖先居住的地下世界的信息传递上来,天上的鹰作为神的使者可以把地上的消息传到上苍神的世界里去。印第安人相信上帝会常派一些使者,装扮成花蕾、蝴蝶、蚂蚁、岩石等任何一种存在,来试探人的诚意。或者,这个神灵很有可能就是你身边最熟悉的一个人。

印第安人的来源众说纷纭,最给力的一个说法是他们的祖先属于蒙古人或中国东北人的一支。在几万年前,他们从亚洲渡过白令海峡或者通过冰封的海峡陆桥到达美洲。证据不少:印第安人不仅与亚洲同时代的人有某些相同的文化特色,例如用火、驯犬及某些特殊仪式与医疗方法等。而且直观看去,很多印第安人活脱脱就像中国人——头发色黑且直,黄皮肤,铲形门齿,以及白种和黑色人种所不具备的婴儿出生时臀部的青色胎记。从血缘上,科学家们也发现了印第安人与中国人属于同种的证据——1986年3月25日《人民日报》海外版曾发表题为《我国发现一种异常血红蛋白,找到与印第安人同种"印记"》的文章,说中国科学家在华南、华中及东北的黑龙江省均发现了一种异常血红蛋白"克锡塔",与国外学者在美国德克萨斯州和加拿大的印第安人中发现的异常血红蛋白属同一类型。这更加说明,中国人与印第安人有着某种血缘关系。

印第安人到底从何而来,祖上是谁?我们不知道,而且这也并不重要。重要的是,这个惨烈的民族带给整个人类的启示,关于野蛮与文明的启示。我们很难走进当代美国印第安人的内心,无法感受他们在夹缝中生存的尴尬、迷茫和苦楚,正如我们很难走进原始印第安人的轨迹,无法感受他们在跨越千山万水的生命历程中的沉默与呐喊。

中国人在美国

经常与在美国的朋友联系,也经常见到他们回来,大家聚一处时难免聊聊"中国人在美国"的话题。说起美国的不同,也说起祖国的变化,或会有一些牢骚,但更多的感受是浓浓的自豪。毕竟血浓于水,无论他们身在何方,过得如何,却总是忘不了他们的祖国。祖国母亲发展了,强大了,飘零在外面的孩子们也才有更高的地位。

有多少华人在美国生存,谁也统计不出来。因为这里面,有美籍华人,有持绿卡的华人,也有非法入境的华人。而非法入境的人数,任你是哪一个部门都是统计不出来的。较容易统计的是具有华人血统的美国人,也就是美籍华人,据最近的一次统计,总数约340万,占美国总人口的1%。也就是说,每100个美国人中便有1个华人,这还不包括未有取得美国国籍的各类在美华人。这是一个很惊人的数字!

华人移民美国的历史,是一部血汗加泪水的历史。

据美国政府相关资料记载,第一个美国华人是1820来到这里的,1848年之前,美国华人不超过1000人。而到19世纪50年代以后,由于太平天国运动兴起,中国局势动荡不安,大批广东人移往海

外,美国也是目的地之一,加上这个时候加利福尼亚发现了金矿,急需劳动力,而1868年美国又和清政府签订了《中美通商条约》,规定"华人愿常住美国或入籍,皆须听其自由,不得禁阻",使得华工的大量拥入,美国华人数量急剧增加。1877年,加州经济转入低迷,美国出现第一次排华浪潮,1880年美国与清政府签订的《北京条约》第一条款就是限制华人到美的人数和年限。1882年通过的《排华法案》,更是干脆禁止中国移民——第一波移民浪潮遂告平息。

第二波华人移民美国浪潮发生在1952年和1965年。美国移民法解禁,中国台湾大批学生赴美留学,直到1970年后,随着台湾经济渐趋发达,移民数量才趋于减少。

第三波华人移民浪潮发生在1977以后,中国内地大批派送留学生来美国,一些福建籍劳工也通过各种途径漂洋过海而来,华人数量剧增。

另外,一些来自中国之外的亚裔群体,特别是华裔美籍越南人,也多愿将自己归入美籍华人之列。再者,近年来美国从中国收养孩子数量的增多也增加了美籍华人的数量。

目前,华人居住较多的州有加利福尼亚、纽约、得克萨斯、马萨诸塞、马

里兰、新泽西、伊利诺伊等，其中纽约、芝加哥、旧金山、洛杉矶、西雅图等城市都有华人聚居的"唐人街"或"中国城（chinatown）"。近半个世纪以来，在美华人与祖国的联系经历了几个截然不同的历史阶段。

建国后相当长时期内，美帝国主义是万恶的敌人，那时候谁有家人或亲朋在美国，是不敢声张的，唯恐受了牵连，一不小心就成了里通外国的卖国贼。

刚改革开放那阵子，事情发生了逆转。谁家要是有个"海外关系"，尤其是在美国有一个哪怕八竿子打不着的转折亲，那在左邻右舍的地位中会陡升几级，儿子找媳妇儿的标准都会比别人高出一大截，因为有美国亲戚就意味着可能有彩电、冰箱。

时过境迁，没多少年，风水又转回来了，早些年来美而这些年混得不怎么样或是眼看着祖国繁荣昌盛而自己思乡心切盼着落叶归根的华人，心里满是犹豫和矛盾。好些20多年前从国内过来的朋友，特别是加入美国国籍的那几位，在我们面前或多或少、有意无意地表露出这样的心态。终归，今天的中国不是几十年前的中国了，那日新月异、翻天覆地的神奇变化，令整个世界为之惊羡，何况这些骨子里、基因里都印着中国方块汉字的华人呢？

旅美华人中，相当一部分是留学生。

美国之所以如此强大，其中一个原因是它非常重视科技和教育。二战后，美国一直是吸引世界各地留学生最多的国家。

在逐年增多的美国留学生中，东亚留学生占了三分之二。东亚留学生刻苦用功，他们不仅是美国的人才库，也是美国的摇钱树。据说，仅是中国留学生就每年为美国经济注入至少10亿美元的收入。

美国提供奖学金鼓励外国人到美国学习，一方面，加强了美国同各国的学术交往和相互了解，扩大了美国的文化影响，同时美国利用这宝贵的人才库开发各种新产品和提高美国的经济、军事和科技实力，从而进一步增强了美国的综合国力。美国作为世界上唯一的超级大国，数十年屹立不倒，离不开许多国家在美国的留学人员的贡献。美国的不少诺贝尔奖得主，都是移民美国的外国留学人员。

从1872年中国第一次公费派遣到美国的留学人员，一批又一批富有理想的热血青年到美国寻找强国富民之路。新中国成立后，许多留美人员和科学家毅然归国为新中国建设贡献力量和知识，不少大家为中国的科技发展和国防建设作出了重要贡献。后来因为众所周知的原因，中国大陆在改革开放前的美国留学生人数几乎为零。1978 年 6 月 23 日，邓小平在清华大学负责人座谈会上作了扩大派遣留学生的重要讲话。他说："我赞成留学生数量增大，主要搞自然科学。留学生管理方法也要注意，不要那么死……不要怕出一点儿问题。中国留学生绝大多数是好的，个别人出一点儿问题也没有什么了不起，即使 1000 人跑掉 100 人，也只占十分之一，还剩下 900 个。"

邓小平还指出："这是 5 年内快见成效，提高我国水平的重要方法之一。要成千上万地派，不要只选派十个八个。教育部要研究一下，花多少钱，值得。我们要从外语基础好的高中毕业生中选派一批到外国进大学。今年三四千人，明年万把人。要有机构，要有派出班子。这是加快发展的重要之路。"

邓小平的这一重要指示犹如拨开迷雾，掀开了派遣留学人员的新篇章。

不可否认，中美两国的物质生活水平相差较大，研究和工作条件也有差距。随着留美学生人数的大量增多，曾出现有的留学人员不愿意回国的现象。但邓小平的指示，仍然不可阻挡地到了收获季节。

中国政府鼓励留学人员回国报效祖国，并在各方面为他们创造条件并尽量帮助解决困难。近年来，不少留学归国人员或归国办企业，或在大学科研机构从事重要课题的研究，或选择在外资、合资企业工作，或在政府金融、保险、经贸部门任职，为中国的改革发展作出了积极贡献。他们中的许多人是放弃了国外的优越生活和丰厚的收入而毅然回国效力的。留在美国发展的留学人员，也经常组团回国访问交流，或同国内科研单位联合从事一些国内急切需要解决的课题研究，取得了良好的效果。

随着中国改革开放的深入和人民生活水平的日益提高，定居美国将对中国年轻一代不再有很大的吸引力，今后一二十年内，许多青年学生可能仍然选择美国作为留学的首选，但有一点是可以肯定的：今后将会有越来越多的留学人员学成回国，因为国内的条件不会比美国差，美国不是他们久留的地方。

这使我想起有个台湾朋友跟我讲起的对比：六七十年代，台湾岛高官和有钱人家纷纷把子女送到美国留学。这其中，多数人学完后在美国成家立业当起了美国公民，少数人在美国拿了经济或管理或其他方面的学位后，回台北做生意或在政府部门或在科研单位工作。如今，早期回国的人都当上了知名政客、高官或大老板，进进出出身边都有秘书，生活潇洒得很。而那些在美

国的老留学人员，充其量是个工薪阶层，其地位、知名度和财富都无法同他们回去的同学相比。回到台北时，老留美人员显得有些土里土气和小里小气，甚至连工作都找不到。

"何去何从？何去何从？／我已不再年轻／但何以感觉迷失？在异乡抑或本土，我试从千头万绪里找寻逻辑，无意中发现自己立在两个文化的边缘……在中国，他们怪我忘本，在美国，他们又怪我断不了根，何去何从？何去何从……"在美期间，曾听到过这样一首歌，让人刻骨铭心。这歌是反映主人公心情的，但无疑也反映了大多数在美华人的矛盾的心理。我仿佛听到了深沉的叹息……

美国面面观

国航航班的屏幕上,不断交替变换着中英文数据标识:飞行高度、方位、到达地时间等等。飞机先向北经北京、河北、内蒙,过蒙古,再经俄罗斯转头向加拿大,最终抵达美国洛杉矶。

美国的确很美,在这片国土之上,自然环境美丽而优雅,每一处空气都是清新而惬意的,处处青草绿树,鲜花盛开。美国的人文环境自由而民主,政府与民众的关系也是比较和谐的;美国的公路交通纵横交错,四通八达,百姓生活在平静祥和的环境之中。

美国先有州,后有国,全称"美利坚合众国"。美国的国旗是星条旗,主体为 13 道红、白相间的宽条组成,七红六白,代表最早发动独立战争并取得胜利的 13 个州;左上角为蓝色长方形,其中分 9 排,五排 6 颗,四排 5 颗排列着 50 颗白色五角星,代表美国所辖州的个数。

当初,美国立国时只有 13 颗星,后来从英国手里抢过来一些地方,又从法国、墨西哥手里连哄带抢,夺过来一些土地,再从俄罗斯沙皇手里买下了一个阿拉斯加州,加上后来的夏威夷,总共就有 50 个州了。

具体美国是如何由 13 个州变成现在 50 个州的,如何一直从大西洋岸"杀"到太平洋边的呢?这

中间的武力抢杀和金钱购置,让我们看到鲜红的血迹和绿黄的铜锈。

1620年秋天,"五月花"号载着102名英国清教徒,漂洋过海到了美洲大陆,迅速生根开花结果,随之欧洲其它国家的移民也纷纷跟进。平衡被打破,英法荷西葡等国为争夺这块新大陆爆发了战争。七年后英国胜出,再次成为主宰者。残暴的英国军队大开杀戒,屠杀印第安人,并从非洲抢掠无数黑奴,13块殖民地,迅速强大起来,真正成了海洋霸主,同时拥有北美洲和印度。

残酷的掠夺,高额税赋,让殖民地人民不堪忍受。"哪里有压迫,哪里就有反抗",1775年著名的独立战争爆发,历时一年,大陆会议通过了《大陆宣言》,美利坚合众国诞生了,美国人民们从此站起来了。六年的独立战争,华盛顿带领他的人民,艰苦奋战,于1783年取得胜利。

此时,美国的版图仅限于加拿大以南,密西西比河以东,佛罗里达以北的地区。但六十多年里,美国通过武力和购买让国土迅速扩大,先用1500万美元从法国手中购买路易斯安纳,约120万平方英里;又从西班牙手中购买了佛罗里达,侵占了墨西哥的得克萨斯、加利福尼亚,迫使黑政府割让近一半的墨西哥土地;再后来,美国又先后购买了英国的俄勒冈地区,以每亩2美分的价格购买了阿拉斯加和阿留申群岛,兼并了夏威夷、菲律宾群岛,占领了中途岛,霸占了巴拿巴运河,迫使丹麦"出让"了维尔京岛。至此,版图扩增10倍,州数增至50个。后经苦心经营,到20世纪,美国替代英国,爬上了"世界第一"的位置。

到美国之后,我深感美国文化和环境的独特。与其他国家相比,这是一个文化、历史都非常短暂的国家,但其发展速度之快却不得不叫人感叹。它有着最先进的科技水平,最具影响的经济发展,最顶尖的军事水平……在很多方面,美国的确是一个与众不同的国家。

到美国后,美方接待人员告诫我们吃饭、住宿要付小费,让我们换点零钱,我一时没有一元零币,就找同行的向中胜借二美元。他递过来,我随手准备装入上衣口袋,待放置小费时,突然发现他给我的是一百美元一张的。于是,急忙又去兑换,差点闹笑话。这不能怪老向,美元的各种面额的票幅都是一样大小,颜色也差不多,只是上面的图案不同,花的时候的确需要一张一张地拈开,一张一张地看清,免得大票子当小票子花,吃亏上当,也免得小票当大票让人瞧不起。

走在街上,美国人对我们这群黄皮肤、黑头发、黑眼睛的"外国人"并未感到新奇。这个移民国家的国民来自天南地北、五湖四海,人种白黑棕黄,五颜六色,是一个多民族的国家,世界族种大家庭。仅纽约市就有200个左右民族的人住在里面。左右邻舍都不是一种肤色、一个模样、一类身材、一个国籍。一家人可能就有多种血统传承着，说不清老祖宗到底是哪一个国家的人。在中国，一个外国人一眼就能认出来；在美国，一个外国人近在眼前也没有人认识。谁都可能是外国人，谁也都可能不是外国人。中国历史悠久，中华民族作为主流民族，外国族群少之又少，这大概是美国与中国乃至世界上任何一个国家都不同的地方。所以在美国任何一个地方，你都没有必要有什么"外国人"的感觉。

美国与中国最大的区别，在于它是一个契约国家。当初组建联邦时，就是按照契约的方式建国，政府执政靠契约，公司经营靠契约，人与人交往也秉承契约精神。这种契约精神归纳起来说，就是有话说在前面，办事统一标准，法律至高无上，办没有规定或先例的小事儿特繁琐，办有规定或先例的大事特简单。

美国也是一个说不清的国家。你说美国是个法治国家，一点儿没错，它到处喊的是法制，事事按法律规定办，所谓法律高于一切。可它实际上是"智者"玩弄法律，把法律搞得繁繁复复，屁大的事儿法律文件就是一大摞，用词生涩难懂，一般人都听不懂，根本不敢去碰它。于是，法律就成了只为有钱人服务的工具了，往往是"懂法律的人"欺骗、欺负"不懂法律的人"。

美利坚民族也是个说不清的民族。世界上许多国家，如中国、日本、韩国、德国、法国、英国等等，大都有一个占主导地位的民族，如汉族、大和民族、高丽族、日耳曼民族、法兰西民族、英格兰民族等。可美国并没有哪一个民族始终占有绝对的主导地位。在美国，仅纽约市目前就有170多个国家、说180多种语言的人杂居在一起，那些让我们看上去都是一个模样的白人，其实有英国人，有法国人，有德国人，也有东欧国家的人，在血缘上根本上得不到一个统一。

在美国，想过简单生活的人过得很舒服，而想过复杂生活的人活得很累。所谓简单与复杂，区别就在于是不是想和人打交道——这点其实和国内差不多。

美国与中国确有不同，而且是大大的不同，这种不同遍及自然、历史、文化、传统、思维方式、生活习惯、价值观、人生观等各处领域。美国确是个发达国家，这种发达也体现在经济、社会、文化、生活等方方面面。美国并不是"一个美国"，50个州、近200个民族各有特点，有穷人有富人，有好人有坏人，有先进甚至极度先进的地方，也有落后甚至极度落后的地方，有值得我们学习甚至必须学习的东西，也有我们应该批判甚至必须批判的东西。

美国人了解中国没有中国人了解美国那样全面、客观、准确，绝大多数

人心中的中国形象就是张艺谋电影里那些扎着长辫子、穿着老棉裤、住在又脏又乱的县城农村里,以封建意识为主导意识的"丑陋的中国人"。

美国人尊重大自然,本能地爱惜大自然里的一草一木、一鸟一兽,不管这草木是自家的,还是别处的,任何大自然的东西都在他们爱护的范围之内,因此很少见美国人毁坏树木和践踏草坪,很少见美国人把车开上草坪,也很少见美国人猎取野生动物,虐待小动物。

另外,美国人的自我感觉太好,自视清高,几乎每个美国人在其他国家的人面前都有一种高高在上的优越感,就像国内说的"在北京人眼里,所有的外地人都是下级;在上海人眼里,所有的外地人都是乡下人;在广东人眼里,所有的外地人都是穷人"那样。在美国人眼里,所有的外国人都是愚昧、贫穷、野蛮的人,都不如他们美国民主、自由,都不如他们美国人文明、富足……

不过,总体来说,美国人的生活方式、生活态度在许多方面确有我们所不能及之处。与人打交道,美国人想的、做的比我们要简单得多,大都是尊重别人,保持自尊,不妨害公共利益,又维护自身正当权益。有话说在前面,直来直去,心口如一,说的什么想的就是什么,不像我们那样含蓄委婉,那样客气虚套。美国人会生活,工作时间就是工作时间,拼命工作,不然就会挨老板训,被"炒鱿鱼";可工作之余的生活时间就是个人支配,"神圣不可侵犯"。节假日很少见美国人加班,高速公路上经常见到开着房车、拉着轿车,或开着汽车、拉着游艇,或独立、或结伙到处游乐的人。不少是白发苍苍,六七十、七八十的老男老女。

美国人生活得轻松、文明,吃饭多是自助,想吃什么就吃什么,想吃多少就吃多少,想喝什么就喝什么,主人不劝、不让、不逼,其他客人一样。于是,应酬便成了一种享受,一种快乐,一种传递和获取信息、结交朋友的机会,完全不像我们那种不喝倒几个不算完的应酬那样令人担心害怕。美国的饭馆大都只卖饭菜不卖酒,不少地方自带酒水也不让喝,说法律上不允许;进美国的酒吧是要看身份证的,谁也不能将酒卖给低于18岁的少年。酒店、超市卖酒也有同样的规定,而且星期天几乎所有场合都没有酒卖。美国人很少喝烈性酒,十几度的葡萄酒就算高度的了,像我们国内那种60多度、70多度甚至用火一点就着的酒,人家连见都没见过,因此在国内经常有"老美"被我们国人灌得钻到桌子底下去的事情发生。所以,几乎每一个中国男人见到一个美国男人,都可以挺直腰杆、傲气十足地说:喝酒,你们美国人不行!

美国女人大多都胖,腰围比裤腿长,可能与基因有关系。原本是漂亮得如同仙女的小姑娘,一到20多岁,一结婚生孩子,简直没法看了。一是老得快,30多岁就像中国人50岁似的,老皮死脸的;二是粗得很,腿粗、腰粗、胸粗,有些粗得出人意料、粗得超乎想象、难以置信、难以形容,而且是胖腿不胖脸,胖胸不胖脚,一个个都橄榄式的,中间粗,两头尖。与美国女人比起来,所有的中国女人,不管老的少的,全都是"魔鬼身材",全都是"衣服架子"。

美国人普遍皮肤粗糙,尤其是男人,汗毛孔更是很粗、很深,很长、很密,没进化好似的,走近了看,全没有东方人皮肤的那种细腻和弹性。

美国人很风流,也很保守。结婚之前,男女之间的事儿是相当随便的,对别人没有责任感,只求快乐;结婚之后就完全变了,除非看不上对方,离婚,一般是相当忠实的,很少发生"红杏出墙"、"寻花问柳"一类的事情。当然,美国人对待家庭的态度与中国人大不相同,合得来就在一起过,合不来就挥手"拜拜",因此离婚还是比较多的;养育孩子尽心尽力,可仅限于未成年前,完全没有中国父母那种对子女乃至孙辈终生的责任感,成年子女和父母住在一起简直是不可容忍的,大人不愿意,孩子也不乐意,所以美国的家庭除了单亲、"丁克"之外,绝大多数是一对成年夫妇和自己未成年的孩子们住在一起,很少见父母跟自己成年的孩子同住,很多时候父母不知道孩子在哪里,孩子也不知道父母在哪里。当然,这些年通讯发达了,这种"不知道"的情况正在逐渐减少,但中国式的"四世同堂"在美国是几乎找不到的。

美国是一个很奇怪的国家,美利坚民族是一个很奇怪的民族,在行为特征的许多方面都表现出尖锐的矛盾和极端的对立,就像人们说的——"美国是个谁也说不清楚的国家"。这里加上一句:美利坚民族是个谁也搞不懂的民族。他们绝对地信奉个人主义,追求特立独行,随心所欲,谁干涉他们的自由,影响他们的生活,损害他们的利益,他们就跟谁急。可很多人同时又对集体、社会和国家极度地负责任,在乎别人、维护公德、遵守秩序、热爱祖国,对外一切以维护美国的国家利益为基准,世界上再没有多少国家的政府和人民有美国那样强烈的国家意识了。

他们绝对地尊崇自由主义,经济体制号称"完全的自由市场经济",个人追求言论、宗教、行为自由,却又比任何人都尊重法律、遵守规则、遵循规矩,有时规矩错了也要不折不扣地照此办理,很少越权自由裁量。

　　他们口称不关心政治、不关心别国，却对本国总统大选、议会大选有着极高的热情，又特别爱操心人家国家的事情，对人家的政治体制、社会制度有着浓烈的意识形态情绪，经常对人家的事情说三道四、指手划脚。譬如对咱们中国的台湾、西藏等问题都是如此，好像一切同他们不一样的东西都是魔鬼，都是不能容忍的。他们把"平等"、"人权"等放在天字第一号的位置，对外经常挥舞"人权大棒"，今天打这个国家，明天敲那个地区，却无视国内那些老人的困苦和孤独，无视那些低收入乃至无收入贫困人群的艰难和疾病，把美国变得"一半是天堂，一半是地狱"。

　　美国人极度自信，为自己强大的国家而自豪，认为世界上其他一切国家的人都极度脆弱和无助。然而，他们又极度缺乏安全感，一个小小的拉登却搞得他们心神不宁，惶惶不可终日。朝鲜、伊朗离他们那么远，想造一颗核弹，就把他们吓得要死，好像造来就是专门对付他们的一样。他们上飞机轮船，腰带都必须解了，鞋子都必须脱了，包必须打开，安全检查得极严，好像人人都可能是恐怖分子。

　　美国人引领着全球现代化的潮流，观念领先、创造精神十足，而在许多方面却又十分地保守。全世界绝大多数国家都实行"公制"计量单位了，可他们仍坚守着"英制"单位不放，什么"英里"、"英尺"、"黄亩"、"加仑"，根本不想和世界接轨，搞得我们这些"外国人"很不习惯。

　　他们拥有世界上最发达的信息处理系统，对世界每个角落发生的事情都能即时知道，可有些人对一些别的国家却所知甚少，甚至一无所知，脑子里尽是偏见，经常根据道听途说发一些"满口跑火车"类的言论。他们可以将未经许可擅入其家者一枪打死而不负任何责任，却不能体罚一个在他们家行窃被现场促住的小偷，而且如果这位梁上君子从窗口跳下逃跑时扭伤了脚，或者行窃成功凯旋时不小心在他们家院子里跌破了头，那医脚疗头的费用，还必须由这家人出。法律就这么规定，不服上法院说去！

　　其实，在中国人的眼里，美国也是一个颇具争议的国家。很长时间来，美国让中国人一直不太舒服，它曾经在我国境周围制造过很多很大的麻烦，

　　然而，中美关系间又一直有一个极为奇特的现象，绝大多数中国人，上至达官显贵下至平民百姓，平时指责得最多的国家往往是美国。然而，当他们如果有出国留学或移民的机会，这时，无论是贵族还是平民，他们往往却把美国作为首选之地。青年学生出国留学，最希望的便是横渡太平洋，来到

万里之远的美国;近几年,中国政府陆续派出大批中青年干部去国外学习从政经验和政治理念,首选的国家也是美国;不仅如此,中国的大学校长们也被教育部一批又一批地派往美国培训。今天,在中国高校之间也开始组建起了"常春藤联盟",号称要推行世界一流大学的建设步伐。

曾经,中国与美国的距离非常遥远,不啻于月亮与地球之间的距离,我们曾一度在望远镜里看美国,要么看到的都是一些血腥肮脏的场面,要么就是看到一个什么都好的国度,所有的东西都被不切实际地放大;而到了今天,在中国人的眼里,美国已经不再是一个很遥远的国家,它变得很具体,成了我们生活中很多的细节。

前些年,美国面临了一次非常非常艰难的金融危机,这对全世界有着重大的影响。我曾在华尔街看着华盛顿总统的雕像,他的视线是那么永久不变地在盯着证券交易所上那面巨大的美国国旗。从中,我读出了一种非常悲壮的历史感。很多年前,如果美国发生了这样状况的时候,也许中国人会感到很开心,因为他们心里会想,美国又糟糕了。但是今天,中国人那种幸灾乐祸的心态却再也不存在了,他们会格外地希望美国尽早地好起来,因为我们有几万亿的钱在美国。我们还有大量的产品等待着装上货船,送到美国来,如果美国经济能进一步好起来,在这些货品的背后,就是一个又一个中国人增长的工资,是他重新拥有的就业岗位,以及家庭的幸福。

到此时,我们想给美国一个比较一致的定论已经似乎很难,因为它真的很复杂和多元。我们甚至很难判断自己的感觉,我们不知道自己究竟是喜欢还是讨厌这个国家。但是,有一点却可以肯定,它是全世界都不能忽视的国家,是许多人都想亲自去看一看的国家,也是许多人都愿意留在那里生活的国家。

去过美国,确有一种眼界顿开的感觉。当然,金无足赤,人无完人。一个国家、一种制度也是一样,美国也有许多不尽如人意的地方,他们也有自己的社会问题。而对我们来说,有比较才能有鉴别,我们应该做的,应该放下过往的一切成见,学习他人的长处,更快地进步和发展。

遍地警察

在美国的电影里，有很多警察和匪徒的角色。在每部片子的结尾，这两种对立的角色，有时候胜利的往往并不是警察，而是正义的一方，人性和人道的一方。这和国内差不多。不过看得多了，还是会发现一些差异，在他们的片子里，似乎并不介意让警察成为反面角色。他们在意的似乎并不是一个形象，而是在乎正义最终战胜邪恶。

到美国之后，我发现警察特别多，好像遍地都是警察。而他们给我的感觉，不是漫画里那种可怕的形象，反而都比较文明。从制服、体型到面目表情，显得大方端正，对一般市民总是彬彬有礼。这些象征执法权威的人物，黑衣玄帽，腰上挎着左轮手枪、步话机、手电筒和电警棍等全副武装，巡逡街头，颇有唐·吉诃德的气派。虽然我有点腻烦整日半夜不时响起的警车尖叫——被我称为"美国之音"，可又不得不信赖他们。在这个陌生的地方，要是出了什么乱子，我的第一个念头肯定是打电话叫警察，毕竟他们还是可以信赖的。

不过，我还是对一些美国电影里的事情感到很奇怪：美国电影中常常有这样一些场景，比如一个案件发生之后，城市警察和联邦调查局（FBI）的人

会同时介入，而在监狱关押的犯人，FBI 要去提审，必须按正规程序，对于额外的要求，比如转移犯人，狱警可以不买账。这方面体现得比较典型的，看过美剧《越狱》的人，想必会深有体会。

我的这个疑问在如今很容易得到解答，百度一下就出来了。原来，美国的警察分为三级：联邦、州和市县警察。他们各司其职，联邦和各州的警察分别行使联邦和州赋予的权力。而在州以下，各种警察的权限由各州决定，除联邦警察外，州警察、城市警察和县警察及私人保安与联邦政府没有垂直的上下关系，直接由地方政府领导。

在美国，单联邦警察就超过 80 种，除夏威夷外，各个州都有自己的州警察，各地方政府还都有自己的警察体系。但如此多的警察系统都互不隶属，相互独立的，连制服也不一样。例如，州警察只对州政府负责，并不归联邦警察领导，市警察只对市政府负责，并不归联邦警察或州警察领导，不过，他们在业务上往往是相互配合的。

我无意于引用更多的资料，因为会流于枯燥。我只是对美国城市街头到处是警察有一种疑惑，这到底是一个安全的国家，还是一个危险的国家呢？美国是允许私人合法拥有枪支的国家，自然还有很多不合法的，要维护好治安，保障公民的生命和财产，或许真的需要很多警察吧。

美国的交警

倘若说美国是一个车轮上的国家，一点不假。美国地域辽阔，并不亚于中国，但是这里的居住密度却比远比中国要低。在这里，人们出门一般都是以车代步，不会开车，便相当于不会走路。

美国的车流量极大，秩序却一派井然，靠的是什么？美国人是非常遵守规矩的。在这样一个追求自由的国度里，对于交通规矩，人们却十分敬畏。美国人很清楚，遵从规矩就是尊重公众，包括自己的自由；相反，逾矩行事，表面上看起来是给自己带来了一时的方便和短暂的自由，但对于别人来说，其实是妨碍了更多的公共自由。从长远意义上去看，若这种违反规矩的潜规矩成为一种社会文化，那么最终无疑也会妨碍自己的自由。

美国大概是世界上警察最多的国家，但它与其他国家有着很大的区别，50个州的州警、郡警和各城镇的警察的制服、车辆涂装也种类繁多，每个地方都各不相同。警服的颜色一般不明显，往往会让你不知道警察会从什么地方突然冒出来，令你措手不及。

美国的警察权限很大，即便是校警或公园巡警，往往也都具备开交通违规罚单和逮捕人的职权。倘

使在高速公路上,遇上有鸣笛闪灯的警车或救护车,你一定要让出车道;若是在一般街道,要暂停路边为其让道。如果是遇上没闪警灯的巡逻警车,那就要省事得多了,你只需遵守当地的交通规则走自己的路,大可不必刻意礼让,以免他认为你做贼心虚,反倒惹上麻烦。

更让你想象不到的是,如果你是在夜间行车,大灯不亮,被交警发现后,同样也会被无情地拦下来。这时,警车会紧跟在后,向你闪灯示意停车,你不必惊慌,先打方向灯,慢慢停靠到路边等候。警察停车在后,也可能会先用无线电向警局回报自己目前的位置,或用计算机查询赃车数据,而不是马上过来。你在车内先降下车窗,坐好别乱动,打亮车内灯让他看清楚你。一般的情形是,警察一手按在枪套上,然后走过来。其实不必惊慌,这不过是他们职业警觉的预设动作罢了,因为每年全美都有数以百计警员在盘查车辆时遇袭殉职。接下来,警察通常是会检查你身上携带的所有证件。当被询问时,你可试着说理或表明自己是外国观光客,路况不熟才违规。但如果不被通融也不要死命争辩,惹恼了警察,罚单只会开得更多。

警察开出罚单通常是不会再跟你讲理的,你有话就自己去跟法官讲,每一张罚单上都会注明该辖区交通裁决法庭开庭的时间和地点,即便是你无法前往也可以寄去罚款和支票,能出庭就大可尽所能据实申辩。如果走运的话,法官判没事之前的账单和违规记录就一笔勾销;但倘若该你倒霉,那就只能当做是交罚款破财消灾了。

总而言之,在美国行车,千万别超速,一定要遵守法规,看清路标符号,尤其是在交叉路口更要特别注意。在没有红绿灯的路口,后到的车必须在标线前让车辆完全停住,等路口各方向先到的车辆开过后再开动通过。不管是州长还是平民,富可敌国的商贾,还是贫下中农,都一律没有任何特权。

其实,美国人的车德是很好的。他们一般懂得礼让。美国高速公路网极为发达,纵横交横。车行驶其上,有时需要根据实际情况不断变道。但只要方向灯一经打出,后面的车辆都会尽量为你让出空间。车辆上下匝道,后面的车辆会自觉变道,避免堵住你。

任何鸣笛的车,包括消防车、警车和救护车,在道路上是绝对享有优先权的。只要笛声一响,所有正在行驶的车都会尽快靠边停车,让出车道。因为大家相信,汽车一旦鸣笛,那肯定不是虚壮声势,一定有急事或要事。这看似是一种规则,其实质更是信任,让人们心甘情愿地为之让道。

　　此外,还有一种车在美国是享有绝对优先权的,那就是校车。校车大都一律被统一为黄色的大客车,车头写着"学校大巴"的字样。一旦遇上校车停下开门,左侧会自动伸出停车标志。这时,同方向所有车道的车辆都会自觉地全部停下,若是路中间没有隔离带,反向车道的所有车辆也会一起停下,直到校车起步开走后,其余车辆才能再行驶。

　　规矩是为安全制定的,甚至可能是用前人的鲜血换来的。遵守规矩,就是保障安全和生命。美国的公路交通现况,也旁证了这一点。不过,以中国人的思维,一旦被交警通知罚款后,似乎再没有重申辩解的机会,即便是有也肯定会输。然而在美国,这样的小民事案却很多,交警罚款并不是任由他说了算。在美国遭遇交警,也同样会遭遇到法律的很多细节。

简陋的政府大楼

一提起美国的政府大楼，或许首先出现在中国人脑中的便是那些恢弘气派的高大建筑物，金光熠熠，代表着至高无上的权力与身份。

其实，在美国的绝大多数地方，州市级的政府大楼通常只是那种属于不仔细查找就很难辨认的建筑物，远远算不上当地的地标性建筑。在这个国家，政府大楼的大小和好坏不能代表政府的"脸面"，与政绩更是毫不相干。相反，政府办事情的效果能否让市民满意才是关键。

不过，美国也不并非所有的办公大楼都是如此，他们也会偶尔有点上档次的地方政府办公大楼。譬如西海岸边上的旧金山，其市政大楼的建筑楼群，建造之精美，气势之宏大，一点也不输于全美最受欢迎建筑物之一的美国国会；除此之外，首都华盛顿市政府所在地约翰·威尔逊大厦，与周围联邦政府的欧式建筑也是浑然一体，古朴而庄重。

尽管如此，这些建筑与中国一些地方近年来兴建的豪华办公大楼相比，还是有着显著的区别。美国稍微比较气派的市政大楼年代大多都很久远，市民的意见在建造和维修过程中起了举足轻重的作用。

建于1904年的华盛顿市政大楼，在其修建后的80多年时间里，几乎从未进行过修缮。20世纪90年代，整座大楼已经破败不堪，市政官员在里面工作，苦不堪言。直到1996年，由于大楼设施损坏实在太严重，无法正常办公,才被迫关闭。此后,经过市民大会同意,市政府才得以拨出专款对其进行修缮。然而中间也曾因为资金短缺,一直拖了 5 年才最后完工。

美国地方政府"衙门"门脸普遍偏小,原因大抵在于大楼的新建和维护都受到严格限制,首先是制度使然。在美国,政府不能以赢利为目的,他们花费的是纳税人的钱,为纳税人服务的,显然不能奢侈,否则纳税人会有意见。地方政府倘若要修建政府办公楼,程序是极为复杂的。从地方行政长官根据需要提出动议,到议会举行听证会后进行表决,随后还面临着公共设施建设委员会否决的可能。州长、市长一般没有市政建设和办公物品采购的决定权,涉及财政支出的所有项目都得经过州、市议会集体讨论、审议和决定。州长、市长只有执行权而没有拍板权,他想腐败也没条件,这就在制度上彻底堵死了他们以权谋私的门路。

除此之外,美国还实行司法独立,法院不被任何政党或政府负责人所领导,任何人贪污受贿,均没有任何保护伞。就像当年克林顿总统搞了莱温斯基,同样也被检察官揪了出来!

美国的新闻监督也同样是很自由的,政府官员整天被媒体监控着,只要一碰"高压线",马上身败名裂。这样一来,谁也不想因小失大。其实,美国人并不比中国优秀多少,美国的官员并非不想贪污腐败,使用公款吃喝、旅游,并非不想殴打小商小贩……他们只是不敢罢了。

很有意思的是,美国的开国元老们好像早已深刻洞察了人性的贪婪和美好是并存的一样,他们精心设计了一套政治制度来扼杀人性的丑陋,张扬人性的美好。从本质上说,美国地方政府的运行机制类似于现代的股份制公司,其股东是全体居民,市长和市政府成员只不过是股东请来的职业经理人而已。经理人如果不能让股东们满意,是随时会丢饭碗的。由此看来,在美国,办公楼的好坏的确是不能完整代表地方政府的"脸面",而能否让市民满意才是关键所在。

另外,美国每个州的州府所在的城市,都不是什么大城市。譬如,纽约州的州府就并没有在纽约最繁华喧闹的市区,而在一个很不起眼的小城市。道理很简单,因为小城市地价、开销要便宜很多。

美国政府大楼虽然整体简陋,却无不渗透了美国坦诚、博爱、自由、争斗、平等的精神。大部分看起来都挺古老的,但它们设计风格却丝毫不亚于现代很多王牌设计师的大手笔。看到美国的政府大楼,我们就应该觉悟,房子的关键,不在于新旧,不在于富丽堂皇,而是其中蕴含的设计风格,再深层一点就是文化精神。

美国衙门

我们有一些根深蒂固的历史糟粕，它们被演绎得淋漓尽致之后，就蕴含在俗语之中。例如"衙门朝南开，有理无钱莫进来"。在中国，衙门（政府机构）一直是权威的象征，威严庄重，令寻常百姓望而却步。时至今日，政府机关古风依然，戒备森严，寻常百姓，非请莫入。而美国的官府没有中国的官府威严。在那里，无论哪一级行政长官的办公楼都可以自由进出（情报和军事单位除外）。老百姓既可以去办事，也可以在里面自己动手查资料。即使是联合国大厦里正在开会，旅游者也可以自由出入。当然，进会场必须持有有效证件。

在美国，上级官员去下级单位，绝不会兴师动众，迎来送往，前呼后拥。美国的官员们出行，都是自己坐火车或飞机。到目的地之后，接待的单位最多请吃一顿工作餐，后面就不再管了，无论你多大的官，都得自己掏腰包。也没人从早到晚陪着，大家该干嘛干嘛。

美国的官员在执行公务时，都有问必答，态度和蔼。不过有一个现象很是奇怪，据不少到美国驻华使馆办理签证的中国人反映，那里办理签证的美国领事馆的官员们大多数缺乏耐心，有的甚至毫无礼貌,不讲道理,对任何申请签证者都持怀疑态度。这真让我大惑不解,难道是中国的风水不好?还是他们也感染了某些中国官员的遗传病症?即便有的人办理签证之后一去不返,非法滞留,总不至于每一个申请美国签证的中国人都可疑吧?对于那些去做客、去旅游观光的人,怎么能一概而论呢?何况,任何人过去之后,都受你美利坚合众国的法律约束。而200多年的美国历史证明,中国侨民对美国的贡献极大,而几乎没有造成损害。

在美国,因为政治体制和媒体机制的监控,上至总统,下至最底层的公务员,都时时处处被媒体、民众监督着,几乎都是生活在一种透明的环境下。公务员一旦被发现有贪污、受贿等不廉洁行为,起点是先罚款1万美金,然后根据情节轻重实施很严厉的惩处,甚至连退休金都很可能失去。所以,在这种严密的监督机制之下,我们很少看到关于美国官员贪污腐败的报道。而国内却与之相反,大贪小贪层出不穷,屡禁不止,随便揪出一个贪官,贪污几十万是毛毛雨,动辄上千万甚至上亿的不在少数。虽然原因是多方面的,但有一点毋庸置疑,那就是监督机制的缺失,不完善,领导的权力过于集中,没有真正履行民主监督机制。而普通的民众,想要监督政府官员,无异于隔山打牛,而民众要投诉官员,则往往不是被压下,就是被打压。而在政治体系之内,又很少有下级去监督上级的。既是不敢,也是不能。而因为媒体权利的局限,也只能做到极其有限的监督,要解放媒体,实现真正的监督,恐怕还得依靠新闻立法和媒体独立。

美国衙门的一些制度、办事原则、服务态度等等,还真有不少值得我们借鉴的经验。但愿有一天,我们的老百姓不再对政府部门那么望而却步,而官员们,也不再那么高高在上。

不存在的级别

官大一级压死人,是句老话。多少个朝代更替,多少人事浮浮沉沉,不变的始终是一些根深蒂固的观念。有些观念,你只有通过对比,才知道它的优劣,才知道它产生的土壤。什么样的土地长什么样的树,种什么样的草,开什么样的花,结什么样的果,都有根可寻,有据可查,有理可辨。

如果不是走出去,我依然没有深刻的体会,当然,也很难对比。熟悉的事物,只有用陌生的事物做对比,才会更加熟悉。陌生的事物,只有用熟悉的事物去对比,才会变得熟悉,或者说是深刻。就像我对级别的理解。

对我们国家来说,级别是一直存在的。大到行政区域划分,小到各级政府部门,具体而微到个人,都是如此。我们行政区域的划分,大致来说是省(自治区、直辖市)、市、县、乡、村,上一级管辖着下一级,就像金字塔似的,或者说像台阶。这一点和美国很不一样。从行政划分来说,美国分为联邦、州、市、镇。州的自治程度最高,除国防、外交、移民权利外,其他方面基本不受联邦政府的制约。州政府对地方政府事务的干预只是提供基本的规则和要求。而且州辖区内的市、镇等地方政府,并不是隶属于州政府,它们之间也没有上下级关系。

我所到过的伊利诺伊州就是如此。在伊利诺伊州,芝加哥的城市人口最多,达 950 余万,而其他的市、镇、郡、社区、学区,大多只有 10 余万人,也有 5 万人甚至是 1 万人的,但即便人口相差如此巨大,他们也完全是平级单位。所以,美国这边的人也没咱们那么清楚的省部级、地厅级、县处级、科局级的概念。

美国的公务员制度与我们更是大相径庭。各个州的州长既不是由总统任命的,也不是国会或者议会任命的,更不是总统的下级。州长管不了各市的市长,更管不了下面的公务员。州长是由居民选举产生的,公务员是州里的公务员而不是"国家公务员",招录、考核、升降、辞退都是州政府自己的事情。美国各市镇的市长、镇长不由州政府派遣或任命,而是由市、镇董事会任命或由居民直接选举。例如曼彻斯特的董事会就是由 9 名董事组成,再由他们确定市长、镇长人选。上级政府不仅不管下级的人,也不支配下级的物,对下级的钱也无权任意划拨,这是美国各级政府之间的"规矩"。

这样的规矩还产生了另外的差异,那就是不存在各个辖区相互之间的调职轮岗问题。在美国,加州的州长施瓦辛格不可能被调到伊利诺伊州任职,而洛杉矶的市长也不可能跑到纽约去。即便是总统奥巴马、国会议会也没有这个权力。因为这是法律不允许的事情。当然,事情从来不是绝对的,比如施瓦辛格当然也是可能担任伊利诺伊州的州长的。但要实现这种可能,前提是他必须辞去加州州长的职务,然后入籍伊利诺伊州,然后再去参加下一届的州长竞选,若是竞选胜出,就可以当了,若是选不上,照样是平民百姓。在他们的选举制度下,不可能出现东边不亮西边亮的情形,这边没选上想再回到加州,那是不可能的,哪怕是回去当个小公务员,也得从头再来。

美国的公务员制度还有一个特点,那就是上至总统,下至州长、市长都是四年任期,要是中途没被赶下台,任期满了,要继续任职,得重新竞选,选得上就连任,选不上就成了平头百姓。当然,连任也是有限制的,比如总统只能连任两届。

城市不存在级别,相互之间没有隶属关系,也就不能用我们的模式去套了。如果硬要套用中国的观念来套,那也只能说是同一个级别。他们不存在市管市的现象,也没有我们那种直辖市、副省级城市、地级城市、副地级城市、县级城市等这些概念。

在我们的公务员体系内，公务员的收入与级别严格挂钩。工资是一级一级的，划分得很清楚。在美国人那里，每个城市市长的薪水差别很大，绝对没有一个统一的标准，他们之间可能相差十倍、百倍，乃至千倍、万倍。至于到底拿多少，要由本市理事会决定，由本市居民决定。有的市长的工资可能比州长还要高，甚至可能比总统还要高；而有的市长、州长也可能根本就不要工资，比如加州的"一美元州长"施瓦辛格，每年的工资只要 1 美元，原因是他"不差钱"，根本没把那点儿工资看在眼里。

不会算账

在美国的同乡告诉我,许多超级市场的收银小姐不会算帐。她们完全依赖电子计算机,因为商品上都有了防伪条码,只要在识别器前过一下,价钱和附加税金额就显示出来了。然而一旦遇上"黑色星期五"(电脑病毒),或者是停了电,出口处就排起大队,收银小姐拿个手按的计算器,满头大汗也算不清楚。

其实,美国的许多年轻人,大学毕业了,非但不会算账,还不会写信,不会看报,被称为"功能性文盲"。究其原因,主要是从小看电视、录像,不读书、不看报。因为这里到处有电话,不用写信;上学和工作以后,更有电脑,电传,复印机,黄金卡,从而导致实际动手写写算算的能力极差,更缺口算、心算的锻炼。这种现代化的新文盲在美国已多达 1000 万人以上。由此想到,我国中小学提倡心算、笔算、珠算,要求学生记笔记、写作文,实在是非常重要的基础教育。

在国内,不会算账几乎是不可能出现的事情,是一种必须具备的生活技能。我以前在乡镇工作时,经常在街上遇到六七十岁的婆婆,她们肯定没上过学,不识字,但卖菜卖米卖茶叶时,都能把价钱精确到几分几厘,全靠心算,而且速度还不慢。

当然,随着科技的进步,我们现在使用计算器、计算机已经相当普遍了。会算账,会使用电子计算器计算机,把账算清楚,已经不是什么难事。有条件使用时,我们倒也没必要一定坚持心算,毕竟比较慢,而且肯定不如计算器精确,但我以为,这种基本的技能,还是不要完全抛弃的好,没准哪一天,你还用得上它。

疯狂的股市

　　到美国参加金融高管培训,纽约华尔街证券交
易所是必须要拜访的。纽约并没有想象的美丽,华
尔街也没有想象的宽大,但并不大的证券交易所却
显得神秘,它可是世界资本市场的中心。

　　美国股市是世界上最早、也是最成熟的股市之
一,更是规模最大的市场,其上市公司基本上涵盖
全美乃至全球所有的著名公司。同时,美国股市还
是一个法规健全、管理严密的自由市场,股价完全
自由涨落,政府完全没有约束,投资者需要对自己
的投资承担全部风险和责任。

　　美国股市的开盘时间为上午9点半,收盘于下午4
点,中午不休市,东西部股市的开盘和收盘因时差而有
先后。

　　我们的股市上世纪九十年代初才兴起,而且发
展轨迹暗合国内事物的一贯规律,一开始只是一小
部分人在玩,就像一只烟花,一旦玩出火花后,"砰"
的一声就爆炸了,随后大家一拥而上,全民皆股民,
陷入疯狂,直到大多数人被炸得鲜血淋漓、伤痕累
累之后,才会慢慢回归理性,才开始"治病救人"。

　　说到操作方式,我们的股市和美国自然是有差
异的。我们的股市交易有一个最低交易额度,即以

100 股为一"手",一次的最小交易量是 100 股,且每次交易总量必须是 100 股的倍数;而美国的股票交易没有额度限制,一笔买卖 1 亿股可以,一笔只买卖 1 股也没有人干涉。

中国股市的涨跌幅限制为 10%,被冠以 ST 的亏损公司的股票涨跌幅限制为 5%——达到这一幅度即为"涨停"或"跌停";而美国股市没有涨跌幅限制,只要愿买愿卖,什么价格都可以交易。所以在美国,经常出现一支股票在一天之内上涨或跌落十几倍的现象。

中国的股票交易还有时间限制,当天买入的股票最早在次日才能卖出,美国股市没有时间限制,可以即买即卖,多次买卖。如果哪位"高手"看准了,又敢于下手,一天之内就能使自己的财富增长几倍、几十倍、甚至几百倍,瞬间暴富。当然也有可能暴贫,瞬息之间,不名一文。另外,中国股市交易需要以交易金额为量度,向证券公司支付一定数额的手续费或佣金,并缴纳一定比例的证券交易税或印花税给政府。美国股市却是论笔付费,且没有股数的限制,每笔交易额度越大,平均手续费越低。由于没有涨跌幅、交易额度、交易时间上的限制,所以,美国股市的个股风险很大,机会也很多;但由于监管严格,退市与入市量相差甚小,大股东减持控制很严,上市公司质量上乘,故大盘指数相对稳定。

显然,股市就如同过山车一般,在哪儿都是大起大落,大跌大涨。无论中美,还是欧洲日韩,概莫能外。

股市的疯狂,说到底是人性的疯狂。不管是成熟股市环境下的老股民,还是国内那些初出茅庐者,当迈出第一步的时候,就注定不能停止,也不能回头。从狂热回归理性,总是要踏过一条鲜血淋淋的路,当然,也会收获经验,这是成长必须付出的代价。

老年驾驶员

　　在中国，我们很少看到年老乐驾的人，即便是私家车也很少见是老人在把方向盘。一则好似约定俗成，上了一定的年龄就不便开车了，开车也没人敢坐，二则是有关规定不允许。年龄在 70 周岁以上，莫说开车挣钱，基本上就只准驾驶自行车玩儿了。

　　而美国却大不同。

　　辗转不同的城市，一路上有不少老人为我们开车。年龄最大的有 78 岁，最小的是一位女司机，58 岁。他们精力旺盛，技术娴熟，实在令我们感到惊讶。但这些活力四射的老人说，在美国，老头儿老太太开车的比比皆是。而且，他们和他们的偶像——105 岁的拉尼·霍尔相比，只能算是小巫见大巫。

　　霍尔是美国老年驾驶员的典型代表。他活到老，开到老。去世前不久，100 多岁的他还开着他的那辆 1962 年的凯迪拉克车到处跑，而且还上高速公路，以 100 公里的时速行驶。霍尔的孙子马歇尔曾自豪地说：爷爷经常开快车，人们追不上他。霍尔去世后，吉尼斯世界大全把他列为世界上最老的驾驶人。

　　近年来，随着美国老年人口不断增加，老年驾驶员越来越多。据统计,目前全美有 3500 多万超过 65 岁的驾驶员,而这个数字在未来 25 年内还将增加一倍。如此庞大的老年驾驶群体,对交通安全提出新的挑战。

相对于年轻人而言,老年人视力下降,动作反应较为迟缓,但若要限制他们的驾车权利,便会引起激烈辩论。美国退休人协会的负责人表示,他们反对限制老年人的驾车权利,因为开车是美国文化中的重要一环,如果不能开车,人们就会同社会和经济活动失去联系。这可能相当于中国城市现代人一刻不用手机和电脑就难免心慌吧。而联邦公路当局近年来也正在研究,老年人和年轻人驾车的区别以及如何确保公路更安全的问题。

佛罗里达等州在联邦公路当局的研究结果出来之前,已率先采取措施改善交通安全状况。他们把街名和路标的字体放大,设置更宽更亮的地上路标,在道路中线装置更多的反光板,在十字路口设置左转的交通灯和交通线等。86 岁的艾琳·查普曼表示:"现在开车容易多了,不但老年人喜欢,所有的驾车员都喜欢。"当然,除此之外,借用新的科学技术提高汽车的安全性能,老人们主动改变驾驶习惯,例如避开上下班高峰期外出,不在晚上驾驶外出等,也有效提高了他们驾车的安全性。

美国的老人们为什么喜欢开车呢?这是我感兴趣的问题。87 岁的亚特兰大市退休秘书格雷斯米·桑德斯说:"我一直想成为一个独立的人,在我的一生中,我一直保持独立。"

或许,这就是真正的原因所在。

锈迹斑斑的铁路

芝加哥是美国最大的铁路枢纽中心，美国中北部 30 多条铁路线在这里集结交汇，城市铁路线总长和年货运量均居世界各大城市之首。然而这里的铁路看上去却锈迹斑斑，多少年没跑过火车的样子，而且几乎没有看到有火车从上面跑，与纵横交错的高速公路相比，显得异常寒酸。

问"明白人"才知道，在今天的美国，铁路运输不发达，其实与"美式生活"息息相关。对普通美国人来说，近距离出行，一般都自己开车；远距离出门，则大多选择坐飞机。火车基本上不在人们考虑的视野之内了，火车主要做货运之用。然而，铁路在货运方面的作用也已远不如我们中国那么显著。中国人每逢重要节假日铁路人满为患的情况，美国人是很难体会的。

美国既是铁路的王国，也一度是铁路的墓地。二战后，美国建立了跨州高速公路系统，汽车制造业突飞猛进。一时间，铁路客运被私人车取代，货运则被巨型运货车击败。除了运送木材、煤炭等最初级的工业原料外，铁路几乎已无用武之地。许多铁路线被拆毁，随着健身热被改建成专供自行车和长跑爱好者使用的跑道。波士顿郊区附近的这种跑道

边上,还留着几条旧铁轨,建了个小博物馆。显然,铁路已经成了历史陈迹。

美国铁路的荒废,除了社会经济发展的客观原因,还有人为的主观因素。当初美国汽车工业开始繁荣的时候,为了扩展市场空间,一些汽车商花大价钱将铁路买下来,但不是用于运营,而是花钱雇人扒掉,让人没有办法坐火车,让货物没有办法走铁路,逼着你买汽车、开汽车。结果,汽车工业飞速地发展起来,美国成为世界汽车业之王,而其铁路却日益黯淡,逐渐退出了历史舞台,淡出了人们的视野,所以到现在,这里才一天见不到几列火车,偶然有一列经过,上面也只是寥落的几个人。

难道作为最大发达国家的美国就没有高铁吗? 还真别惊奇! 美国就是一个没有高铁的国家。与中国的高铁相比,美国的铁路网只能用落后和过时来形容,往往给人以一种日薄西山的感觉。目前,美国客运铁路公司运营的全美唯一一条高速铁路是由波士顿出发,途经纽约开往首都华盛顿特区的"亚塞拉"快线。尽管这条线路的设计时速可达 240 公里,但由于大部分路段没有铺设专门的高铁轨道,只能达到最高时速的一半多,从速度上来说,这条线实际上和高铁无缘。尽管如此,这条铁路还是吸引了不少乘客。

今天,在芝加哥、华盛顿、费城、纽约等许多城市,昔日修建的火车站仍显得非常雄伟,在这些城市的许多街道,都还保留着当年留下的火车轨道,只不

过现在的许多轨道都成了汽车道,只有两道露在路面外的铁轨被汽车轮胎磨得发亮……

尽管属于"明日黄花",但毕竟有着悠久的历史,对比中国的铁路系统,美国的铁路其实也有不少值得称道和学习的地方。

比如,在每个座位旁边的火车壁板上,一般都备有两个插座,许多出行一族,往往一上火车之后,就打开笔记本电脑,而不必担心电池电力不足的问题。此外,在车厢内,基本没有吆喝叫卖饮料的推车。

同时,美国火车实行实名制,买票很方便。随着互联网的日益普及,大部分美国人一般都选择在网上购买,且提前两个星期,这样票价更便宜一些。而且,如果错过了上车时间也没关系,火车票面注明,在 12 个月内都可以重新退还或者更换新的车票。

美国火车系统的种种表现,让人既感慨美国火车的以人为本,美国与中国确有不同,而且是大大的不同,这种不同遍及自然、历史、文化、传统、思维方式、生活习惯、价值观、人生观等各处领域。

买房还是租房

美国的房舍,大多绿树掩映,风格各异,错落其间。房屋门前,都有或曲或直的小径,引向营区的道路。房屋之外,是如茵的草地;房子之间,间距相当宽敞。

对于大多数生活水平相对低下的人来说,在美国是买房还是租房? 这是人生的一大选择。来美国后,我感到这个难题似乎更大了。让一个美国人一辈子住在一个地方,那肯定不现实,除非他老了,真正的老了! 然而,即便是真的老了,美国人也喜欢拖着"家"到处游荡。家庭旅游车不就是美国人所发明的吗? 而且开着家庭旅游车四处游荡的,多是那些上了年纪的老人,就老两口,即使行动不便,甚至坐着轮椅,也要开着家庭旅游车出去。森林里、湖边,偶尔一所大学百年校庆,开着家庭旅游车来聚会的老人竟不下三四千辆,那种场景简直让人不可思议。

美国的公寓都很漂亮,外观很新,一律是一层到三层不等,而且就这么低层住宅,有的还配有电梯。不过住进去才知道,这些房子几乎全用木板叠积木一样拼装起来,只不过在内墙和外墙喷涂着不同的涂料而已。有的外墙贴了一层砖,但那也仅是

装饰罢了,这种房子我怀疑一脚就能踢出一个洞来。

所以,一般租住的房子墙上是不能钉钉的,那些衣柜、壁橱、冰箱、微波炉、洗衣机之类的,全是盖房子时就镶嵌在墙上,不可改变。而这种房子自然也只有人租,没人去买了。这样的建筑成本不会很高,开发商盖一个住宅区出租,过几年钱收回来了。房子旧了,他就重新翻新,搭积木一样换上另一种新的流行式样,然后又可以租个好的价钱。

往往在河边和湖畔,都会立着一幢幢漂亮的豪宅,这些开发商按社区建起来的,大多也是像搭积木一样拼装而成。虽然很漂亮,占地面积都很大,前后有草坪花园、泳池、车库,但能像中国人住上一辈子吗? 我曾很怀疑那些房子的抗风能力,没准一场台风就给毁了。

不过,就算买下一套房子,过几年就要刷新外墙,撬起地毯重新换掉,内外更新。别以为自己买的房子就可以让它残旧不管。房子破旧了,影响别人的景观心情,也是有人来找麻烦的。

其实,在这里的两房一厅、三房一厅的公寓价钱并不高。一套房只卖几万美元,但是如果买下来,除了交税和管理费,恐怕维修也是一个不轻的负担。算起来,租房和买房交银行按揭的钱差不多。但租房就省去很多麻烦,房子坏了那是房东的责任,起码外墙有碍景观的时候,管理处会有人打理。最令人不能接受的是,当你买的房子房贷还完了,真正属于你的时候,它已是风烛残年,需要拆卸重建了。

流动的美利坚

美国人在一个城市待久了总感到不舒服，他们是患有"多动症"的民族。这个国家的人总是喜欢搬家，平均每五年就会搬进一次新居。美国的年轻人更是像候鸟一样，他们春来秋去，总是把家扛在肩上，走到哪里搬到哪里。

那些年龄在 20 至 29 岁的年轻人，占了整个搬家队伍的三分之一，因为他们来去无牵无挂。刚来的外国移民大多喜欢居住在大城市，等到事业有成，他们就开始考虑往中小城市或郊区搬。当然，美国也有少数不爱搬家的人，他们大都在 55 岁以上，子女长大离家后，不少老年人在原地定居了三四十年。

喜欢搬家的人大多是租房者，平均每年就会有 36% 的租房者挪动老窝。另外，一般的买房者因为是"钉子户"，所以平均每 10 年也会搬一次家。东北部和中西部的人不太喜欢搬家，而西部和南部的美国人却比较热衷于搬家，一旦搬过一次家，他们今后就会着魔似地不断变换住处。

美国前总统布什这一代"复合型"的人，可能要数搬家次数最多的。布什年轻当兵时经常换防，退役后东奔西跑做生意，后来当外交官，回国后又长

期从政，所以搬家对他来说是家常便饭。自从跟芭芭拉结婚以来，布什在长达半个世纪的时间里总共搬过 32 次家，而且家当一次比一次多，难度一次比一次大。

1988 年冬天，当时距离总统就职典礼还有 6 天时间，当选总统的老布什却忙着把一个个沉甸甸的纸箱从副总统官邸往楼下搬，准备入住白宫。他气喘吁吁地抱怨说："我即将就任美国总统，可是芭芭拉还要我帮助搬这些沉重的东西。"

1993 年 1 月中旬，竞选失败的老布什总统即将告别白宫这个本来还可以居住 4 年的家，他不仅面临着精神上的痛苦，而且还要忙于在白宫收拾整理全部家当和清理文件，分清哪些是公家的，哪些是个人的，然后把属于自己的财产统统从白宫搬往南部老家休斯顿。

在美国搬家非常容易，各种搬家公司的电话随处可见。如果是在本市自己租用一辆车搬家,每天租费只要二三十美元;如果是跨州搬家,只要一个电话,搬家公司的封闭式大卡车就开到家门口,身强力壮的美国黑人一个人就可以抱起一个长沙发走路。

不过在联系搬家公司时,一定要事先在电话上把需要搬动的大件数量、搬动东西的距离以及价格讲好。有些搬家公司为了抢生意,在电话上先是一口答应雇主的要求和价格,可是他们把家搬到一半时,突然找各种借口要求增加搬运费,否则要赖。这时你简直是秀才遇到兵,有理说不清,最后只得向对方让步。

这个民族为什么像候鸟那样喜欢频繁搬家呢?究其原因,大致是因为几种可能。美国的年轻人从大学毕业后,开始在社会上找工作,而且他们这山望那山高,永远不满足于现状。刚踏上工作岗位时,他们的年薪比较低,所以他们会量体裁衣,租价格比较便宜的公寓房。可是,随着时间的推移和年薪与资力的增长,他们对居住和工作的条件也有了提升的期望,开始不断向条件好的地方或工作环境更好的城市搬家。直到他们找到一份比较满意的工作或结婚后,他们才放慢搬家的节奏,并开始考虑自己购房。

由于最近二三十年美国政局和经济处于比较稳定的状态,工作机会相对来说比较多,美国人平时不愁吃穿,金钱来得比较容易,所以美国人大多在银行没有存款。但是,倘若碰到美国经济衰退或公司企业裁员,许多美国人就很难支付原有的房租,这样一来,他们又不得不重新搬到廉价的地方居住。甚至有人因为突然失业付不起房租,最后成了无家可归者。

还有一种人,他们以子女上学为中心。美国白人和亚裔都比较注重孩子的教育,为了给子女提供更好的教育机会,家长们往往在学习环境好的校区内寻找工作和住房。这样孩子可以就近进入名牌私立学校读书,他们自己工作起来也方便。等到孩子上大学离家后,家长们才开始寻找更适合自己的工作机会。这时,他们又得搬家了。

美国人的离婚率和分居率比较高,这也是造成这个民族频繁迁徙的又一原因。美国人结婚组成家庭后,近半数的家庭最后都要离婚,不少美国人一辈子要结好几次婚。他们结一次婚就要搬一次家,离一次婚也得搬一次家。即使分居,其中一方也得搬出去住。此外,美国人也不喜欢同"坏"邻居为伍,一旦发现邻居不好相处,他们往往也会马上决定搬家,免得日后惹出麻烦。

没有腿的国家

　　"没有汽车就等于没有腿"，这是美国人的口头禅。他们追求舒适的生活，住房要宽敞，而且要环境优美，空气新鲜。他们将住宅建在离市场和办公地点很远的地方，因此，上班要开车，买东西要开车，学生上学也要家长开车接送。可以不夸张地说，就是连打瓶酱油也得驾车去，一跑就是数里、十数里甚至数十里的路。因此，汽车是美国人必不可少的工具，甚至不仅仅只是工具，而是像家人、朋友一样的存在。自然也就形成了一种独特的汽车文化。

　　在洛杉矶，除市中心的商业和公共娱乐场所外，整个城市其他的街道几乎空无一人，即使是驾车在街市转上大半天，也很难见到一个人影。烈日当空，明亮的天底下，一片片空寂的花园草坪，一栋栋默然静立的房屋，除了长河般流淌的汽车，你再也看不到会动的生命。面对这样的场面，我往往产生一种莫名的恐惧，仿佛自己是站在科幻片的场景里，四周全是被子弹袭击过的静默世界，房屋还在，汽车还在，生命全被中子射线射杀，而我是最后一个生命，一个能感受孤独的、最最孤独的存在。走过几个城市，这种空寂的恐惧感越来越强。

　　在美国，你要是在公路边上闲逛，常常会冷不

丁地听见一阵刹车声，一辆车在你身边停下，然后车门打开，下来一个陌生的司机，径直走向你，问你是否需要帮助。又或者，你自己开着车在半路抛锚了，只要一挥手，就会有路过的车停下来帮助你。即便是主动停下来帮助你的，也不要觉得意外，这不是什么少见多怪的事情。而要是出了车祸，则绝不会出现国内的情景，看客们围得水泄不通不说，有时还怕自己承担责任，不敢上去救治。遇到这种情况时，美国司机们会马上打电话报警，然后开展力所能及的紧急救助行动。

美国人的车往往也能体现出他们的幽默感。他们总是别出心裁，会把五颜六色的贴纸剪成字母拼在车尾："千万别吻我，那很可怕"、"不要让我们因相撞而相识"、"撞上来吧，我正需要钱"……尤其以预防追尾的居多。这种风气，最近似乎也在国内流行起来了。

和欧洲日本等汽车普及程度高的国家比起来，美国人在选车时，更钟情于大型车、越野车，排量大，动力十足。你会经常看到一些小女子开着大越野到处跑，这或许与他们地大物博，性格豪放有关。而他们的停车位也相应宽敞得多，在欧洲，你能看到的多是两厢车，小巧玲珑，停车位也量身打造。因为这个缘故，欧洲人总是批评美国人不低碳。

目前，我们国内拥有汽车的家庭越来越多，汽车的普及程度日益提高。每到一个城市，出行给人的感觉就一个

字——堵。堵的重要原因自然是车多，城市道路规划不合理，但更有驾驶者本身的原因。比较而言，国内的街道根本不算狭窄，大城市的主干道，基本上都是六车道，甚至是八车道，但是由于抢道的太多，不懂得礼让，开车习惯太差，往往一辆车就把几十辆车给堵住了。当然，还有闯红灯的、醉酒驾驶的，也是屡禁不止。说到底，我们还没有形成成熟的汽车文化。而在美国，尽管车很多，街道也没咱们这么宽，但在很多城市并无拥堵现象。因为他们有着良好的驾驶习惯，科学的道路规划和路标设计，这在很大程度上疏导了交通。

开车一定要系安全带，司机从不与行人抢道，永远是车让人，而不是人让车，这都是美国人开车的基本常识。而国内的司机，在系安全带的问题上，似乎一直有抵触情绪。而过马路时，一直是行人提心吊胆，左顾右盼。这既是文化上的差异，也是规划、管理上的差距。

由于人口基数巨大，我们似乎不会成为"没有腿的国家"，作为汽车大国，但建立先进的汽车文化任重道远。在我们的交通管理和城市道路设计、规划上，在养成文明驾驶的习惯上，我们似乎还被堵着，还有很多方面需要疏通、需要加速。毕竟，如果总是开车还不如走路快，汽车不如自行车快，是我们谁都不愿经历的事情。

美国的汽车文化

当你在美国的街道边或郊外行走时,通常在你身边会突然停下来一辆车,陌生的司机会友善地问:"有什么需要帮忙的吗?"不用感到诧异,因为美国人都是以车代步,在这里行人就跟外星人一样稀少。对美国人来说,汽车是美国人成长的一个标志,许多人的第一次销魂就是在车上度过。汽车成了他们无法离开的朋友。我们或许难以想象,没有汽车的美国会是什么样子的。

美国无愧于"车轮子上的国家"这个称号,汽车是美国人发明的,相关配套的道路、法规、制度、规划也是慢慢在美国发展形成的,并形成了自己特色鲜明的车文化。一些观念、做法逐渐影响了并推广到全世界,譬如现在高速公路上的显示牌是绿色的,就是美国最早试验出来的,当时美国公路管理部门在高速公路上分别挂了很多种不同颜色的显示牌,试运行一段时间由公众挑选出最容易辨识的绿色显示牌并推广运行,为其它国家提供了直接的参考而应用,应该来说现代汽车的文明发源地在美国,美国社会很多生产活动都要考虑到汽车等方面因素。

相比之下,虽说我们国家近几年汽车产业发展很快,路上跑的车也越来越多,但对比美国的情况,

我们在相关配套建设、车文化发展及思想观念等方面上都存在着较大差距。我们的交通越来越拥堵，停车越来越困难，不文明行车随处可见，事故也愈发频繁。

在中国，很多人把车视为自己身份的独特象征，人以车尊。相反，汽车对于美国普通民众来说，只不过是代步的工具罢了，美国人拥有着自己丰富多彩的汽车文化。这种汽车文化是发散型的，兼容并蓄，博大精深。

在欧洲，很多城市街道都很狭窄，汽车停靠的位置更加狭小，巴黎、米兰等城市便是如此。但在美国却全然不同，汽车更新时一辆大过一辆，动力也是一辆比一辆强。美国的停车位，显然比欧洲最大的还大。许多人家的住宅，最大的地方往往都是让给汽车的，因此在美国到处都是大型车。

在火车、飞机、汽车三种交通工具中，汽车通常是美国人外出旅行的首选。每到夏天，美国的汽油价格必定上涨，原因是到了飓风季节，沿墨西哥湾分布的成品油厂生产都会受到飓风的影响；还有一个原因就是美国人为享受夏季假期，开始开着汽车周游全国，用油量急剧增加。

作为"车轮子上的国家"，美国显然是不缺乏汽车品牌的，福特、通用、克莱斯勒三大汽车集团旗下有众多赫赫有名的汽车品牌。这里面还有一个有趣的故事，美国第38任总统也叫福特，他是尼克松因"水门事件"下台后，担任副总统的福特继任总统，成为美国总统史上唯一的非民选总统。有一次，面对新闻界的咄咄逼人，福特总统摊手言道："我只是福特，而不是林肯。"一语双关，也生动地阐释了美国不同汽车代表的不同文化："福特"代表的是普通家庭汽车，而"林肯"则是豪华车中的翘楚。

人人开车，自然到处都有为行车人服务的设施。在中国人们去公园，都是将车事先在公园的外停车场泊好，再按人头购票进园参观。但在美国则正好相反，许多旅游区都只是按汽车收费的，车内人数不限，你可以开车进入公园，在里面旅游三天；而公园内最有名的几个景点，都有道路可以直达。

许多美国餐饮商家生意兴隆的秘诀，恰恰也正是为开车人服务。譬如许多肯德基、麦当劳等快餐店，沿餐馆四周设有环形行车路，这边一个窗口接受司机的订单，等司机将车开到另一边的窗口时，服务人员已准备好快餐。它的方便、快捷，深受赶时间的美国人欢迎。

除了汽车餐馆外，汽车旅馆也是遍布美国各地，并成为美国旅游业的一大标志。汽车旅馆一般都设在主要公路旁，极为便捷；因为车位多，许多车辆都可以停在所住房间的门口,并且价格极便宜,满足美国人倒头一宿明天接着赶路的习惯。

在美国,汽车能大行其道,还有一个很重要的原因,美国的交通网四通八达,主要分为州际公路、高速公路、普通公路、街道等许多个级别,南北向的公路编为奇数,从美加边境一直插到美墨边境或墨西哥湾;东西向的公路为偶数,从太平洋直到大西洋。

在美国行车,清晰明确的汽车指示牌会让人感觉到是一个很优越的环境。在中国,上海、南京、杭州的道路指示牌都是各成体系,自有其特点,然而对初次到来的外地人来说,不在当地开个几天很难明白路牌的准确指向。而在美国,不会存在这种顾虑,只要注意道路标志,你从东海岸开到西海岸,几乎不会绕任何弯路。

美国人的热情、善良和幽默品行,在他们的汽车文化中也有很好的展现。譬如,当你的汽车在途中如果遇到了问题,抛锚在路边,只要你伸手招呼,总会有汽车友好地停下来,帮你排解难题。倘使是发生了车祸,一般也不会有冷血司机见死不救,许多美国人都会主动停下车帮你报警,并参与紧急救护之中。

尽管美国的汽车数目很大,但在许多城市,并不会出现严重的交通拥堵现象。原因在于,美国拥有科学的道路规划和路标设计,比如在华盛顿,一些要道上,上班高峰时进城道路为四车道,出城道路三车道;再轮到下班高峰时,隔离栏会灵活地挪位,改为出城四道,进城三道,以此疏导交通;另一个原因是美国人相对严谨的交通意识。

还有一点让人深有感触的是,面对行人,即使是闯红灯的行人,美国的司机们都会主动停下车来,让行人先通过。因为在美国,行人拥有第一行路权,虽然是汽车的道路,但在人跟汽车争路的时候,行人永远是排第一位的。倘使有汽车不顾行人而继续前行时,大抵都会遭到周边司机和行人的共同鄙视。这一点就跟国内形成了天壤之别,以至于许多人感叹,刚回国时常常还以为汽车会让人,不顾性命地走路,以致有时汽车甚至可能冲到人身上来。再等回到美国,又开始不敢随意穿行马路,又误将美国司机当中国司机的这副德行看待了,因此该过马路时也往往不敢迈开步子。

美利坚的移民文化

　　美国前高官基辛格、布热津斯基、奥尔布莱特都是在东欧国家出生，然后到美国定居的外来移民。按照美国法律规定,他们可以在政府中担任要职,也可以竞选国会议员,但是没有资格当总统。

　　已故总统肯尼迪的家族是爱尔兰移民的后裔,他的曾祖父是北爱尔兰威克斯福德人,因为大饥荒于 1848 年移民美国波士顿。波士顿所在的马萨诸塞州现在是肯尼迪家庭的政治势力范围,其他政客长期来很难击败肯尼迪家族的候选人;海湾战争期间,担任美国参谋长联席会议主席的黑人将军鲍维尔,也是牙买加移民的后裔。

　　翻开美国人的家谱史,除了未被赶光杀绝的土生土长的印第安人外,其他美国人都是外国移民或移民的后裔。美国是个人口不断增长的移民国家,移民美国的有合法的, 也有非法的。从 1820 年到 1993 年,共有 5400 万移民因为贫困、饥荒、政治和宗教迫害来到美国。他们来自爱尔兰、捷克、北欧、斯洛伐克、波兰、意大利、匈牙利和亚洲各国。1980年至 1990 年,美国接纳了 950 万合法与非法移民,可以说是上世纪的大移民。

　　在今天的美国,纽约的意大利后裔和移民的人数,竟然是威尼斯商城人口的两倍;汽车城底特律的波兰人多于波兰大多数城市的人口;美国的犹太人超过以色列的人口;爱尔兰后裔和移民的数量超过爱尔兰的总人口。今天的美国事实上是个多民族的大熔炉,是个松散的联合国,是一个没有任何民族人口占多数的国家。

今天,每年仍有近 100 万自国外的合法移民迁入美国,平均每天约有 3000 人名正言顺地移民美国。其中多数新移民来自墨西哥、菲律宾、印度、越南等国。每隔 6 个月,美国就增加一个旧金山的人口。进入美国的非法移民,移民专家估计每年有 30 万人。他们有的从陆地偷渡进入美国,有的从海上坐船登陆,有的乘坐飞机到美国访问学习后逾期不归。

20 世纪初,美国是个拥有 7600 万人口的国家。到了 1990 年,美国的人口增长到 2.49 亿,其中 43%的人口增长来自本世纪的移民以及他们的子孙。如果按目前移民的速度和人口增长的规律,到 2050 年,美国人口将增加到 3.97 亿。到那时,美国国内就不存在以欧洲白人为多数的族裔了。

加州和得克萨斯州是墨西哥和其他中南美洲人从陆地偷渡过来的主要地方,因为墨西哥等中美洲国家的经济和生活水平同美国存在很大差距,许多人以为美国就业机会多,他们在蛇头的诱惑下试图越境到美国谋生。美墨边界线上经常发生冲突。墨西哥偷渡青年时常使用石头对付美国边界的巡警,警方在自卫和逮捕中开枪杀人的事件时有所闻。美国警察的处境也非常危险,他们在巡逻中时常遭到冷枪射击,有的甚至以身殉职。

大量合法和非法移民的到来,给美国的劳务市场提供了较多的选择余地。拉丁美洲人能吃苦,他们对什么样的低等活都愿意干,而且雇主可以把工资压得很低。所以,美国雇主宁愿雇佣这些拉丁美洲人,也不愿意雇佣本地的美国黑人。这不仅引起美国国内反移民倾向的抬头,而且也引起美国黑人对拉丁美洲人的怨恨,认为是他们抢走了自己的工作。

美国有三分之一的诺贝尔奖得主是在其他国家出生的,美国许多一流的高科技公司,三分之一的科技人才也是在国外出生。许多美国人无法接受外国移民成功的现实,以为移民抢了他们的饭碗。美国觊觎世界各国最优秀的人才,不欢迎没有文化知识和技能的外国移民,外来移民们虽然为美国的高科技和经济发展作出了重要贡献,但在经济不景气的时候,他们仍是美国一些政客和失业工人的出气筒。合法移民总是排斥非法移民,早来的移民歧视后来的移民。移民问题,在美国总是一个非常敏感而有争议的问题。

随处飘扬的星条旗

　　在国内，没有比降半旗更沉痛的事情。它代表
作哀悼、缅怀和崇敬。只有当国家领导人，而且必
须是作出过极大贡献，在世界范围内产生过重大
影响的伟人去世时，才会享受这样的殊荣。或者是
发生了重大的灾难，例如汶川大地震周年纪念，才
会降半旗志哀。在美国，无论走在什么地方，都可

以看到高大的建筑物楼顶或政府大楼前面的旗杆上降着半旗。每当看到这种情形，我头脑里的第一反应是：美国又死了一位名人。然而，事实并非完全如此。

星条旗的礼遇

星条旗并非只为伟人而降，它拥有更大的自由度。不管是在职的还是退休的政府部长、国会议员或军方将领去世，也不管是海外的美国士兵或外交官为国捐躯，全国各地都会降半旗，以表达对他们的哀悼和敬意。

1998 年 7 月 24 日，一场惊心动魄的枪战在美国国会大厦内发生了，在与歹徒交火时，两名警察中弹身亡。当时的总统克林顿和金里奇众议长等领导人出席了他们的追悼会，国会和联邦政府还下令为他们下半旗近一个星期。

同年 8 月 7 日上午，美国驻肯尼亚和坦桑尼亚两国的使馆遭到国际恐怖组织的汽车炸弹袭击，造成至少 150 人死亡和 4000 多人受伤，美国的 12 名外交人员也不幸遇难。美国举国悲恸，遇难的外交人员也在国内享受了下半旗的礼遇。所以，他们的星条旗，会为人道和人性而降，也会为为国捐躯者而降。这是美国人的爱国主义的一种表现形式。

或许，有人认为自由散漫的美国人并不爱国，但恰恰相反，他们非常注重爱国主义教育，只不过不是挂在口头、口号上，也不是停留在轮番的宣传轰炸上，而是融入在具体行动中。从家庭到个人，到更大的社会团体，

都是如此。许多家庭都自备国旗,每逢独立日或者其他重要节日,以及一些重要场合,人们都自觉在屋外或窗外挂起国旗。而在对外战争期间,这种情况尤为明显。

爱国行为带"火"国旗销售

在街头,经常可以看到儿童、年轻人身穿印有国旗的 T 恤衫和短裤,有的人还喜欢围着一块印有国旗的头巾。这种做法在亚洲其他国家可能被认为是对国旗的猥亵,但在美国,这反而是爱国行为。在学校里,小学生们每天早晨上课前,都要起立,向悬挂在教室里的国旗宣誓效忠。成人公民到美国国会参观时,喜欢在礼品商店购买一面在国会山旗杆顶端飘扬过的国旗,因为这既是爱国的表现, 又是对自己生日或者毕业的美好纪念。为了满足更多人的这种心愿,每天早晨,国会山国旗班的工作人员异常繁忙。他们把一面面国旗升上旗杆,在空中飘扬几秒钟后,再降下来,然而折叠得整整齐齐,装进礼品盒,以便出售,或是作为议员馈赠选民的礼品。更有一些国会议员为了方便选民,还自己开通了网上商城,供选民们通过他们办理国旗邮购业务。

出售国旗发端于 1937 年。当时,一名国会议员要求保留一面已经在国会山飘扬过的国旗,国会从此开始了赠送和出售国旗的做法。到 2010 年为止,在国会山屋顶旗杆上飘扬过的星条旗已经超过 300 万面。1976 年 7 月 4 日,是升旗最多的一天,那是美国庆祝独立 200 周年的纪念日,这一天,国旗工作人员一共升起了 10471 面国旗。

美国的国旗俗称星条旗,由红、白、蓝三色组成。红色代表坚强和勇敢,白色代表纯洁和直率,蓝色代表警惕和公正。左上角的白色星星代表加入联邦的各个州,一颗星代表一个州,而蓝底旗面上红白相间的 13 横条象征最初加入联邦的 13 个州。自建国 220 多年来,星条旗已经修改了 28 次,每加入一个州,国旗上就增加一颗白色的五角星。在 1861~1865 年的内战期间,南方的一些州纷纷宣布退出美利坚合众国,并加入邦联。当时,有人建议林肯总统修改国旗,但他坚持合众国不可分裂的理念,拒绝减除星条旗上的星数。到了今天,星条旗上的白色五角星已经达到 50 颗。

焚烧国旗和言论自由

有众多的爱国者,自然也就有不爱国的民众,任何国家,概莫能外。在上个世纪七八十年代的体育赛场,或是在举行示威抗议的活动中,一些反对政府的极端分子,时常当众焚烧国旗,以发泄对政府的不满和仇恨。对于这种亵渎国旗的行为,美国的自由派和保守派都不赞成,但有意思的是,对于是否应该禁止焚烧国旗的行为,双方却争论不休。

这个问题也引起了我的兴趣。

从上个世纪 80 年代起,一些保守组织和退伍老兵在全国各地大登广告,对国会议员施加压力,敦促他们早日通过禁止焚烧破坏国旗的措施,美国国会也试图通过立法禁止焚烧和破坏国旗,而且,有近八成的美国公众也赞成采取立法措施来保护国旗。但在 1989 年,美国最高法院否决了国会的努力,理由是焚烧国旗的行为受到美国宪法第一修正案中言论自由的保护。

国会对于最高法院的裁决并不死心,在 1990 年和 1995 年,众议院两次试图通过新的立法,但均告失败。参议院一度有 64 名议员赞成通过宪法修正案,但距离法定的 2/3 的多数还差 3 票。多数民主党参议员反对破坏国旗的行为,但是他们反对通过新的修正案来"保护"国旗,理由也是这将限制公民言论自由的权利。1997 年,美国众议院通过法案,禁止破坏国旗,并授权地方和联邦政府根据宪法赋予的权利来保护国旗。根据美国的立法程序,假如国会想通过这项法律,参议院需要有 2/3 的多数票予以批准。若要使国会这一立法在全国生效,还必须得到 3/4(38 个)的州议会的批准。

美国自由派组织极力反对通过这一律法,他们认为:此举是告诉公民不能发表反对政府的言论。如果人们反对政府,他们将被送进监狱。自由派议员虽也反对焚烧国旗,但他们认为通过立法禁止将削减国旗所代表的价值。

我不知道在这场斗争中,究竟哪派力量会占上风,也不知道星条旗上是否还会增加星数。这一切,或许时间将会给出答案,或者会一直持续下去。不过无论怎样变化,有一点我是可以肯定的,美国民众对他们的国家会一如既往地热爱,无论是城市的大街小巷,还是乡村的寻常巷陌,星条旗将始终随风飘扬。

美国人能不能吃苦

前些天和一个朋友聊天,他问美国人是不是比较懒惰,能不能吃苦耐劳?我说这是一个复杂的话题,不能一言以概之。

如果说和我们中国人相比,尤其是和我们这些从小在艰苦环境里长大的中国人相比,在吃苦耐劳方面,美国人确实不如我们。我们生长在缺衣少吃的艰苦年代,从小父母就训练我们勤劳简朴的习惯。而对于美国人,可从来没有经历过那样的生活,

他们从小生活在什么都有的年代,压根儿不会为了衣食而担忧,无论如何,他们也不会像我们这么吃苦。

美国是世界上最大的移民国家,人口来源也非常复杂,不同的文化背景,人们吃苦的程度也各不相同。譬如说墨西哥人,他们中的大多数为非法移民,很多人都靠吃政府救济,不过他们几乎人人都上班,哪怕是做那种艰苦的工作,也坚持自己挣钱。

那些土生土长的美国人吃苦精神又会怎么样呢?这些人也不能一而概之,也要分开来说。那些勤奋好学的人,中学毕业后一般都能进入很好的大学,或者学到自己喜爱的专业,最终成为科技人才,会有着非常不错的工作和收入,他们工作也同样认真刻苦。这类人是美国的精英,虽然不是富人,但他们都是中产阶层,顶起了美国的脊梁,是美国社会发展的主要推动力。他们纳很高的税,什么都是自己出钱购买,没有享受国家的任何优惠待遇,当然,也没有资格去享受。反而是这些人的纳税被用于供养那些穷人们的各种花费。中产阶级的精英们一旦成家,需要一个人养家糊口的占多数,因为父母一般都不给他们带孩子,等到孩子都大了,妻子想工作时,才出去谋生。当然有了孩子后,两个人都工作的也有,但不是多数,他们这群人可谓是非常勤奋,也很吃得苦。

同样,即便是这样一群所谓的精英人士,他们也可能会遇到失业,不过大多数人很快就能找到另外一份比较理想的工作。但他们辛勤工作一辈子,不见得就可以像中国人一样提前退休,很多人工作到七十几岁才退休,有的甚至工作到最后。对他们来说,在美国生活一辈子也不是件简单的事情,生活表面看起来舒服光鲜,其实他们付出的却很多很多。借用一个美国人的话:"我们像狗一样工作,最后到手的钱少得可怜。"当然"可怜"不是我们想象的那么少,是相比他们没有被扣除这样那样的钱之前而言的。

即便是如此,他们也不愿意成为免税的一群人,他们依然坚持工作一辈子也不会放弃。

那么那些收入低的人群呢?他们的吃苦精神可就要大打折扣了。他们的知识水平普遍不会很高,部分具有大学知识的人,是因为他们的专业不对口,找不到高工资的工作才沦为这类人。这群人常常失业,或者部分时间工作不太理想,收入不高,就算是纳税也不多。他们收入的钱基本上全部自己花费,根本无从纳税供当地政府搞什么建设了。

当他们失去工作的时候,有些人会为了生计,忙着找工作;但相当一部分人根本是不会那样的,或者很多工作他们自己不想做,宁愿呆在家里,吃国家的补助,得过且过,没有进取精神,也毫无人生目标。他们没有房子,有的人连租借的房子都是国家救济的廉租房,这样一来,他们似乎还能过着还比较舒适的生活。既然不工作也可以得到这么舒适的生活,还艰苦工作干什么呢?这部分人和我们相比,一点都不如我们吃苦耐劳,这群人可以说大多数都比较懒惰,根本不能吃苦。

当然,这群人是不能代表美国人的整体精神的。其实无论是国际形象,还是国家主体,中产阶级们才是美国的代表,也是国家发展的主体。毕竟富人只是少数。近年来因为经济危机,政府不断抬高税收,加上通货膨胀的出现,美国穷人队伍虽然不断扩大,但穷人的数量还是没有中产人数多。所以说中产阶层才是美国人口的大多数,他们才是美国精神的代表,这就不难看出美国人给我们的整体印象是:勤奋、办事认真、进取心强、工作积极努力、诚实友善、礼貌,也吃苦耐劳。

其实,中国人也一样,不能说都能吃苦,也不能说都不能吃苦,要看是什么年代的人,从什么地方走出来的人,以及个人成长经历和家庭教育观念来区分。不过整体来说,中国人都比较吃苦耐劳,这是几千年的传统了。但是我们也不得不承认,我们这一代不如父母那一辈人吃苦,我们的下一代不如我们吃苦,这就是环境造就人,但愿在舒适的环境下,大家还是不要抛弃吃苦耐劳精神。

天堂还是地狱？

美国是孩子的天堂，老人的地狱。

这里我想说说纽约，大家也就会明白为什么说美国是老人的地狱了。纽约的老人如果没有自己孩子的帮助，又没有可观的养老金，那这座城市对他们来说就绝对是地狱。无论他们曾经年轻时是做什么工作的，也无论年轻的时候曾挣钱多少，在纽约老了后，国家的退休金不会很多，就算政府部门的工作人员退休也不过三千美元左右，那么一般的公司员工退休后就比他们还少。

在纽约这个地方，很多年轻时候工作非常不错的人，退休后所领的国家退休金，大都也同样只有三千美元左右，甚至更少。如果自己年轻的时候挣钱在纽约买了房子，这里的房产税每年一般也会在在三千到一万多美元左右。所以，每年缴纳房产税和医疗费用后，哪里还有钱生活？很多老人都被迫选择无医疗保险，或卖掉房子租借房子居住，总之要省掉一笔开销才行。

对他们来说，尤其对那些年轻时曾拥有一个很好的工作和很优越生活的人来说，老了以后的生活，简直大大不如以前。当然啦，如果有后代帮助的老人会好一些，自己用另外方式存钱的老人也会好

一些，自己一直工作的老人或有生意的老人也都会好一些。但是和这里所有的老人相比，那微弱的比例又算得了什么呢？

有一对退休老人，他们几年前在纽约买了一套房子，价值是 39 万美元，现在价值将近 50 万美元。可是面对每年一万美元左右的房产税，他们只好把房子放在市场上卖，但由于现在房子很不景气，价格一降再降，最后也无人购买。可他们又不愿意以当年购买的价格出卖，因为银行贷款需要归还，自己已经缴纳了那么多银行贷款利息和部分本金，弄得房子成了他们的包袱。现在对于他们来说，哪怕亏掉几万美元也无法偿还。为此房子在他们手里成了烫手的山芋，减价卖了痛心，不减价卖又养不起。

和年轻的工作着的人不一样，卖房子价格如果高，没有人想买，就把价格降低，直到有人购买为止。一是因为年轻人不差银行的钱，再就是因为他们亏上几万美元没关系，可以趁年轻挣回来，所以房子不可能成为年轻人烫手的山芋，最多就是房子换房子，亏掉的部分自己补齐就行了。

一般人是这样，那么纽约的有钱人呢？他们老了又过得怎么样呢？如果这些有钱人老了退休不工作，把公司交给自己的孩子，孩子们善于经营的话，还可以保住生意；相反，那就要失去生意，这样一来，自己在好地段购买的大而豪华的房子，财产税更不得了，全靠退休后的那点钱付了房产税和医疗保险后，几乎就所剩无几了。

其实，纽约很多有钱人老了后，仍坚持工作到最后。那些把公司和家产给孩子的老人，或自己死了后把家产、公司给孩子们的有钱人家庭，如果孩子们经营生意很得力，老人们自己可以得到一些股份的钱，生活可以一样奢华；但常常因为后代无法运营而破产，甚至把房产卖掉的也不是少数。他们为什么不能够永远拥有父辈留给的房产，其中就是房产税收，把他们给收死了，最后由于交不起房产税，不得不把房子给卖掉换成普通的住宅，父辈辛苦挣下的那些家产就没了。

纽约的年轻人，如果有文化、有本事，自己也很勤奋，那绝对可以找个好工作，有个好收入，生活绝对不错也很享受，工作和家庭都快乐。如果两个人都从事很好的工作，那么可以居住在好区段的大而漂亮的房子里，或者居住在有钱人聚居的地区，尽情地享受美国那种舒适和幸福的生活，也不用担心工作问题导致的生活和房子问题，因为两个人上班等于上了双保险，这也是大多数人的美国梦。

113

然而，即便就是这样的"双保险"家庭，老了退休后日子有人同样不一定好过，那豪宅高高的税收也是很难对付的。很多这种人家，退休后会把房子卖掉，到南方或其他税收低的地方去重新买房居住，就是这个道理。

不仅是纽约，其他州的人们退休工资更低，虽然房子比较便宜，但是对于收入低的人们来说，和纽约购买房子是一样的困难和一样的压力，拥有房子的老人也和纽约的老人一样难受，左右为难，这就是为什么其他州的退休老人，很多会搬家到佛罗里达州去的缘故。

倘若年轻人，既没有文化，又没有什么能力，再加之所从事的工作工资也不高，也大可不用担心，他们可以租借便宜的房子居住，可以不上税或少上税，生活也还是简单舒适，但绝对不是他们的天堂。老了以后，退休金肯定比很多人都低，想要居住在房子里不可能了，哪怕是居住在公寓里也艰难，他们很多只有选择居住在国家提供的免费公寓房里。当然，很多老人不一定能够得到免费公寓居住，这样一来，对于他们来说，绝对感觉犹如地狱。

其次很多人不得不工作到老，当然有人是喜欢，但是我相信很多人是出于生计。谁会愿意在自己体弱多病的老年不待在家里过悠闲日子，还天天去上班？如若不那样的话，钱根本不够开支，于是只好每天拖着那笨重的不方便的身体去上班。不过美国还比较支持那些老人和残疾的人，给他们的都是一些简单的工作，让他们给自己挣点钱减轻一点负担。相比之下，我们中国的老人们很早就退休不上班了，呆在家里给下一代抱孩子。我还是觉得中国的家庭养老方式不错。

无论是有钱人、穷人、还是中产阶级，在纽约这个地方，老了以后的日子都不是那么好过，所以才有"美国是老人的地狱"的说法，我想原因在这里吧。年轻人无论在美国哪里，只要有本事都能够过得很舒适。

另外，在美国，孩子永远受法律保护，无论是穷人的孩子，还是有钱人的孩子，绝对不会让他们没有饭吃，没有地方居住，没有学校上学，而且还处处以保护孩子为上策，所以美国是孩子的天堂。

效率优先

　　68 岁的老马修是我们的司机。一大早,他开车从伊利诺伊大学送我们去斯普林菲尔德,路过一家麦当劳餐厅时,驶上一条环形行车路,他在这边一个窗口下了订单,当他将车开到另一边的窗口时,服务人员已准备好了快餐。他接过一个汉堡和一杯热饮料,往旁边一放,继续专注地开着车,朝目的地驶去。

　　在美国,最普遍的食物是汉堡包。无论机场、超级市场、游乐中心,还是公路旁,只要看见"M"的标志,便是闻名全美的麦克唐纳汉堡包快餐店。美国人对午餐极马虎,这种面包夹肉片生菜,外加一杯冷热饮料的简易食品,极合他们胃口,因为他们凡事都图省事,极怕麻烦。美国人家庭做饭大多是成品加热,或半成品加工。烧鸡烤肉全是装在塑料袋里,买回家放在烤箱一按电门,熟了再把配好的佐料一浇即可。连鸡汤鱼汤都是罐装的。

　　美国人的高效率体现在生活和工作的方方面面。他们所有信封的封口都挂胶。在办公室或邮局,你可以看见不管身份多高的人,粘信时都是伸出又红又亮又长的大舌头一舔,然后一折,就给粘上了。他们总是怎么省事就怎么干。

在语言上也是如此，许多英语词汇一到美国都被简化了。比如见面时相互问候"你好"这个词儿，到美国就变成一个词——"嗨"。

在处理公务方面，美国人都讲究事先预约。如果你先打电话预约好了，但是你在路上耽搁，或者走错了路，迟到了，对方是不会等你的。在这一点，美国人的规矩近乎苛刻，即便是拜访邻居，也得事先预约，不像我们国内，邻居、亲朋好友之间可以随时串串门，拉拉家常聊聊天。他们总是习惯安排好一天内甚至几天内的行动计划，有着严格的时间管理意识。

在我们国内，一个壮年的农民在山区一年大概能种三五亩地，在平原估计能种十亩二十亩，但美国的农民效率高得离谱。我参观过的伊利诺伊州的一家农场，在那里，一个人就能管理1万多公顷的农田。而在美国，这样的大型"国有企业"，也并非像我们国内的大型企业，动辄成千上万人。当然，这种高效率这与他们的科技发展水平有关，但很明显，做事讲究效率早已融入到美国人的日常生活之中。

在维护公共安全方面，美国人的效率也很高。遇到犯罪事件，美国的警察反应即便不是世界上最快速的，但也是最快的之一。一是他们装备好，警局大多都有专门的直升机；二是媒体报道同步，可能比警察还先赶到现场。遇上火灾，消防车更是及时出动，而且，消防车出动时，基本上是一路畅通无阻，街上的车辆会纷纷主动让道。而在事故现场，也不会出现水泄不通的围观者，让处理事件的人挤都挤不进去。

不过，美国人也不是说在所有的事情上都体现出高效率，一位朋友的儿子刚去美国留学时，在校外的旅馆租了个房间。有一天，房间里的灯泡坏了，他去报修，结果对方说没有备用灯泡，得等专门的修理工来修理。而且，这事还得预约，结果，三天过去了，换灯泡的人才来。这事要是放在国内，快则十分钟，慢则一两个小时就解决了。

做事讲究效率，这也是美国人的一种文化，一种工作态度，一种生活方式。他们给我的感觉是，这种文化很实用，按这种文化行事，大家都能受益。而我们在国内所说的美国缺少文化，往往是指他们历史短暂。但文化的先进性并不是与时间成正比关系。我们有很悠久的历史，有灿烂的古典文化，但是总有一种华而不实，倾向于"务虚"，而在务实方面，还有很多值得学习和改进的地方。

信用报告

　　我最近常常遇到这样一种情况，有朋友宴请时，几乎都不付现金了，而是用信用卡，而且在很多人的钱包里，通常不止一张卡，五六张算正常，十张八张也不值得大惊小怪。

　　看到那些花花绿绿的信用卡，我又想起另外一个段子：前些年一些出国旅游的同胞，常有被人抢劫的。之所以被容易被劫匪盯上，就因为我们的同胞喜欢带着大把的现金，不喜欢用信用卡。如今估计要让劫匪们失望了，因为信用卡已经非常普及，极少有人会再装着大量的钞票周游世界。

　　信用卡在全世界各地都是非常受宠的玩意儿，全球 150 多个国家中，超过 10 亿人在使用，每年的额度超过 3 万亿美元。

　　在美国，几乎人人都持有信用卡，同时拥有几张、十几张卡的人比比皆是。在他们手里，信用卡不仅是存款器，更是一种简便的"贷款器"。美国人可不像我们，害怕欠账，睡不着觉，他们喜欢提前消费，尤其是年轻人，喜欢通过向银行透支，先花钱后还账。所以，在他们的观念里，不是有多少钱花多少钱，而是花多少钱还多少钱。即使手头不名一文，在一定时间内仍然可以花费一定额度的钱，只要到期归还给银行就行了。

　　有了信用卡，手里没现金也可以花钱，对消费者来说的确是件好事。不过，任何事情都有利有弊，"天下没有免费的午餐"，花钱还钱是最基本的，另外还要支付一定的费用,到期还不上还要加收利息,或者加收罚金。为了防止有人花钱不还,美国成立了一家专门的信用报告机构,收集每个人在金融、保险等方面的信用信息,经过归纳、分析、总结,提出信用报告,向金融保险机构分发。这种报告包含详细的个人信息,例如姓名、住址、电话、生日、社会福利号码、受雇老板等;还包括信用积分,根据以往的信用情况,进行数字化评判,从而作为未来信用度的预测依据。另外,还包括公共记录,即公共部门提供的民事、刑事纪录,比如有没有过偷盗行为,有没有被警察逮捕过,有没有进法院打过官司,有没有被单位处分过;还包括信用记录,即以往有没有不讲信用的情况,是如何不讲信用的等等。

信用报告中的一项重要内容是信用积分,由偿还纪录(35%)、欠款纪录(30%)、信用历史(15%)、信用类型(10%)、新信用卡(10%)等几部分构成,各自打分,然后相加得出一个分数,一般在 300~850 分之间。分数越高,信用越好,向银行等金融机构借钱越容易、利息越低、保险费率也越低。信用报告还有很详细的等级,800 分及以上、750~799 分、700~749 分,即分属 A+、A、A-等次,分别占国民总数的 13%、27%、18%,综合比例为 58%,这部分人很容易得到贷款。650~699 分、600~649 分、550~599 分,即分属 B+、B、B- 等次的人,分别为 15%、12%、8%,这 35%的人信用度一般。信用积分在 550 分以下,其中 500~549 分的 D 等次、499 分以下的 F 等次的人分别占 5%、2%,这 7%的人经常恶意透支,欠债不还,信用度很差。这部分人很难再得到金融机构的贷款了——老是借钱不还,谁还敢借钱给他?

一个人的信用记录,尤其是不良记录,将在信用报告中保留 7 年以上,而每次的不良信用记录,都会带来实质性的利益损害——贷款条件更复杂、利率更高,还款期限更短,财产、车辆的保险费也会增加。在美国,信用意味着一切,没有信用就等于失去了一切。因此,美国人很重视自己的信用记录。有时车被撞了,本可以理直气壮地向保险公司索赔,保险公司也绝对会赔,但他们担心留下不良信用记录,宁可自己掏腰包去修。如果找保险公司的话,这笔钱倒是省下了,但下一步的保险费却涨了,综合算下来,要花费的比这次省下的钱要多很多。就因为头顶时刻悬着一张"信用报告",所以大多数美国人都是"讲信用的人"。

在详细了解美国的信用制度后,我真有点"羡慕嫉妒恨"的意思。老美们真是叫做挖空了心思,这一招又狠又准,深得打蛇打七寸的精髓。试想想,要是我们学过来,那些大行其道的潜规则估计就会慢慢土崩瓦解,直到崩溃。不讲信用者就无处藏身。真叫一尺的道,可以降一丈的魔。如此,实在是净化社会风气的一步妙招。

美国公司解雇员工

在美国，一般员工是不能随便接受老板侮辱的，如果遇到这样的事情，他们大都会毅然离开。为什么会如此呢？那是因为美国的竞争比较公平，而且搬家也很容易。

一般来说，解雇员工是公司老板最不愿意做的事情，因为那样不利于人心的稳定，没有哪个老板会愿意把自己的公司搞得人心惶惶，而且在美国，如果是公司提出解雇员工，对被解雇的人员，那是要额外付几个月工资的，和员工"解雇"老板的情况大有不同。如果实在不得不解雇员工，那也大都是按照公平的原则来决定。

美国的公司大都青睐于那种工作勤恳负责、勤于思考，不断给公司提出建议，和公司员工相处友好并合作愉快的人，尤其是那种本身聪明而又喜欢与大家分享自己技术的员工，更加会受公司的欢迎。概括来说，美国公司对员工所看重的就是这个人的思考能力、技术能力、合作能力以及交际能力的综合。

听起来很完美，其实不然，如果你是一个有技术而友善的或者有经验的聪明人，那么对于这些要求,就很容易达到了。当公司解雇员工的时候,他们往往就会用这些来衡量解雇谁。

不过,一般公司不会狭隘到因个人恩怨去解雇某一位员工,除非那个员工常常上班迟到早退,对工作不负责,而且也干不好自己的工作,公司才有可能随时解雇那个人,这时是不需要任何理由的。因为,美国法律规定,公司有权解雇员工,不用解释理由。这样一来,就避免了公司非得要说出理由时,对员工人格的攻击,以及为此造成的个人对公司的过度不满。

倘若是遇到公司经营不善,或者遭遇了金融危机,那就不得不解雇员工了。如果严重到要整个部门都关掉,那么不管是领导还是员工,无论你聪明与否,也不管你能力几何,都将无一幸免。如果仅仅是解雇部分员工,那么公司就要经过慎重而周全的考虑了,这时,首先考虑解雇的就也有可能是那些合作能力不强或者技术不很过硬的人。

有人给我讲过一个故事,在过去他工作过的一个公司,有一个女性部门主管,下面管着几个人。她比较小人,常常在背后向老板告状,听起来她的员工都不合格。她是一个喜欢"折磨"员工的人,专爱挑员工的小毛病。尤其不能让人忍受的是,每当员工快要到下班时间,她就开始给员工布置工作任务,搞得员工们到了下班时间还不能回家,为完成任务只好加班。对于那种没有完成一天工作任务自己加班的员工,美国公司是不会给与额外工资的。于是,员工们多干了活,没有报酬不说,还不能按时下班和家人团聚,都很气恼。时间久了,为讽刺那个女主管,员工们就在她的办公桌上搞些小动作来。女主管知道后更加气恼,对员工们变本加厉,最后闹得老板都知道了。老板下来倾听民意,了解情况后非常气愤,当即就把那个女主管给解雇了。

有一个公司的部门小主管,也是一个老技术员工,手下几个人。他是那种技术不外传的保守派,从来不喜欢和手下人分享自己的技术。同时,跟上面的管理人员相处也不好,每逢大家争论问题的时候,他总是喜欢说些侮辱人的话。为此,在 2008 年金融危机的时候,老板就直接把他给解雇了,就算他技术再好也没有用,就算他是老员工也必须先解雇他。

其实,公司解雇他以后遇到了不少问题,譬如说下面那几个人,每天根本不知道该做些什么,刚刚履新的临时管理人亦不知道怎么管理事务。但公司在之前尽管预计到了这些困难,却依然宁愿损失部分公司利益也要解雇他,原因就是他缺乏团结合作以及分享技术的意愿。

倘若公司员工大家相安无事，人人都愉快合作，那么公司因为经济原因要解雇员工的时候，一般都是解雇后来的人员，就是新员工，不会轻易解雇在公司里做得比较久的人员。经济危机下，公司要解雇更多人员的时候，而员工们都非常优秀，难以做决定时，老板会毅然解雇那些可要可不要的高级管理人员。因为这些人员的工资很高，解雇一个高级管理人员，相当于解雇一两个普通雇员了。一句话，公司解雇员工既要考虑公平性，也好考虑公司的利益，在权衡利弊后再最终作取舍。尤其是解雇那些新来的但工作能力、合作能力、技术都不错的员工，公司会感到非常"遗憾"，对于他们的离去既不舍又无奈。还有就是要解雇那些家里负担重的好员工时，老板们常常很难过，连话都说不出口。

管理阶层的老板们也是成树形结构的，一层又一层，他们不但要管理好每天的事务，还要和自己的员工和谐相处，同时也要和上级相处好。当然，这些相处不是当当和事佬就行了，也不是为巴结上级纯粹地去拍马屁。当然，更不能冷对下面的员工，自私自利，背后告状当小人，损害员工利益，而是要真正做到和上下级和睦相处，公正处事，为员工着想；同时要为公司积极提建议，也不能过于高傲，好像所有人都不如自己似的感觉最不好；更不能越级干涉别人的事务，除非是你建议了无数次，上级不理睬，而且可能对公司造成极大损失的情况下你不得不越级的除外，不然最好不要越级处理事情，美国人也很忌讳这种做法。

那么，美国员工要怎么在工作中显示自己的能力呢？那就得干好自己的本职工作，多给上级提建议。提建议也需要技术，如果上级不采取，你可以尽量说服上级，甚至争论都没有关系，但说话一定要注意尊重人，不要侮辱别人人格，如果上级仍然不采纳，那就作罢。不过上级在他自己的方法效果不明显甚至无用的情况下，通常会先考虑你的建议，如果你的建议常常效果不错，那上级一定会对你欣赏有加。

如果你的上级因为搬家，或者到更好的公司去工作而离开，那么他肯定会推荐你为下一任人选。你就有机会上去了，这是靠自己的本事上，而不是那种把别人踩在脚下的方式爬上去，如果有人想处处显示自己的能干，不惜背后告状当小人来达到自己爬上去的目的，最后的结果往往是失败，成功的是少数，那是这个人幸运，或者是和他一起工作的员工都比较温顺的缘故，不然很难达到。

原骂奉还

在伊利诺伊大学香槟分校学习期间,有个从武汉去的留学生给我讲了这样一个笑话。

一次,他和一个美国人吵架,他骂了这个美国人半天,结果,对方回嘴就一句"一样"。意思是"你骂我的,就是我骂你的"。这就算回骂了。连骂街都图省事,这就是典型的美国人性格。

美国和中国人吵架,从气势、词汇、语速上看,美国人处于绝对下风,看起来总是中国人赢,可是从效果结果来看,似乎总是骂赢的一方心里更不爽,有气找不到对象撒,人家根本不接招,就像一个拳手,使出吃奶的力气打了一套组合拳,结果对方伸出的是棉花做的拳靶子。又像是中国武师对阵美国拳手,你耍了几十个套路,眼花缭乱,人家站着动也不动,双手抱拳,等你耍完了,趁你气喘吁吁、汗流浃背之际,对方一记直勾拳,打得你一脸鼻血。

这使我想起在国内看到的一些吵架场景。记得有一次,我出行去一个小镇。我是中午达到的。我找到一家旅馆时,看到老板娘正好在和街对面的一个卖水果中年妇女吵架,只见她站在门口,双手叉腰,挽着袖子,语速惊人。那是个逢赶集的日子,围观者

甚多，里三层外三层，围得水泄不通。那会儿她正在细数自己给了对方几碗豆腐，而对方显然不是省油的灯，在回骂，让她把两天前吃的李子吐出来。我拎着包，听了一会儿，便去了旁边的另一家旅馆。结果那家旅馆虽然门开着，但是没人，人都跑去看隔壁的吵架去了。我分不清谁是老板老板娘，拉着旁边的人，一连问了好几个人，后才过来一个抱孩子的少妇，极不情愿却又急不可待地给我登了记，完了啪的一下扔给我一把钥匙，让我自己去房间。而她自己，则抱着孩子继续去听骂架去了。

我住进房间后，就出去办事去了，办完事，和当地的朋友吃完晚饭，独自回小旅馆。那是夏天，天黑的晚，我回去时，天已经快黑了。可是，当我路经小旅馆时，发现那两位吵架的妇女居然还没有鸣金收兵，而是各自搬了一把椅子，椅子旁边还放了一张小桌，桌子上还摆着一大缸茶水。她们继续对骂着，骂一阵之后，就喝一口茶，不过很明显，双方的嗓子都有些嘶哑了，但是谁也不肯先住口。此刻的骂架内容，已经不再像上午那般具体而微，摆事实讲依据，不过她们依然保持着基本的逻辑性，只是内容有些空泛了，不过是你骂一句我妈，我骂一句你娘。

我走进旁边的旅馆时，那个抱孩子的少妇正坐在门口的一把椅子上，孩子早已睡着了，放在一个背篓里，而她手里拿着一个扇子，一边给孩子赶蚊子，一边继续倾听着，而上午的那些围观者已经散去，不过左邻右舍的观众还是不少，他们坐在椅子板凳上，一遍摇着扇子拍打蚊子，一边欣赏着吵架。

我很奇怪，她们吵了这么久，居然没有一个人去劝架的。于是便问那少妇。

"没人敢劝，谁要是劝，她们连劝的的人一起骂。而且她们联合起来一起骂，"少妇说，"再说，可能她们过个三五天又好得跟一个妈生的。"

我简直有些莫名惊诧了。

我很想知道他们怎么收场。总得有一个人要先住口吧。而那个先住口的人，显然会被人认为输了，但显然，她们都不会认输。

我上楼后，骂声一直没有停止过，时断时续。我后来接到一个朋友的电话，于是刚坐下就又出去了。我去朋友家玩到晚上十一点多才回旅馆。

小镇上的人大多已经入睡了，我穿过镇上空寂的街道，回到旅馆，踏上楼梯，那一刻，万籁俱寂，只有我自己的脚步声在屋子里回荡。

我不知道她们是怎么结束那场骂架的。

中餐西味

　　有人的地方就有餐馆。而在美国,几乎有人的地方就有中国餐馆。不过,这里的中餐馆几乎都已经本土化了,有点菜的,有自助性质的,较起真儿来,其实没几家可以叫"中国餐馆"。而且餐馆里做的菜,也并不是给中国人吃的"中餐",而是给美国

人吃的"中国饭",也许称之为"美式中餐"或"西式中餐",更为恰当。

在这些美式中餐馆里,大多是煮的、炖的、炸的、烧的东西,很少有炒菜,味道多是甜的,品种多是鸡肉、牛肉、海鲜,蔬菜很少,最多有几根西兰花,还做得半生不熟。连美国人都知道——当然是吃过正宗中餐的美国人才知道——这并不是"中餐"。

记得北京奥运会期间,一位加州的记者撰文说:到了中国,吃了真正的中国餐,才知道在美国吃的那些并不地道。或许,在许多美国人来北京看了奥运会,在更多的美国人来到中国,吃过真正的中国菜之后,中餐在美国的知名度才会越来越高,真正的中餐才会受到越来越多美国人的喜爱,正宗中国菜在美国的市场才会越来越大,才会有越来越多的中国厨师到美国做菜,这样,在美国品尝正宗中国菜的机会就越来越多。或许不久,就会像"麦当劳"、"肯德基"这类的洋快餐遍布中国大地一样,某一种或某一批来自中国的餐饮品牌在美国打响,从老美的腰包里赚走大把美元。

记得麦当劳和肯德基刚到中国那会儿,餐馆里人流如织,排着长龙,迫不及待要品尝新鲜口味。即便到了今天,他们的生意依然火爆。从口味来说,一开始,他们做的汉堡很地道,不过到了现在,他们已经做出了一些改变,比较注重研究中国人的口味,加入了一些适合中国人口味的元素,比如麦当劳的香辣鸡腿汉堡,肯德基的五方牛肉等等,都是经过改良后的产品。这也是融入中国饮食文化的做法,算得上西餐中味。

我们历来把吃饭当作头等大事,虽然近些年才解决全民的温饱问题,不过,这并不妨碍饮食文化的兴盛。我们的饮食注重精细,而西方人粗犷得多。精细有精细的特点,粗犷也自有其味道。中餐馆越来越多地走向国外,而像意大利披萨、法国大餐、日本料理、韩国烧烤……这些外国美食,也在我们的土地上落地生根。

我并不觉得在美国吃不到正宗的中国菜是一件遗憾的事情,同样,也不会因为在国内吃的西餐不正宗而咽不下去。当饮食作为一种文化,要在别的文化环境中生存下去,改变是必然的。所以,无论是中餐西味,还是西餐中味,都是两种文化,甚至是多种文化取长补短、碰撞、融合的结果。所谓正宗,原汁原味,就让它保存在起源地吧。

叁

城市图景

CHENGSHI TUJING

初到密歇根湖

　　北美洲的五大淡水湖很有名气,以前只是对着地图研究过。五大湖的淡水总面积约 25 万平方公里,为世界上最大的淡水水域,比英国国土面积还要大。密歇根湖在北美五大湖面积中居第三位,是唯一全部属于美国的湖泊。湖南北长约 517 公里,最宽处 190 公里,最深处 281 米,平均水深 84 米,湖岸线长 2100 公里,湖盆面积近 12 万平方公里。这个美丽的湖泊由 100 多条小河灌注而成。

　　来到密歇根湖这天,阳光很好,碧空如洗。

　　真的站在密歇根湖畔时,我感到一种久违的熟悉。然而,它的美还是出乎我的预料。密歇根湖的大,很容易让人产生错觉,那看起来真是一片海。怎么会有这样的湖呢?它比所有的海都安静,比所有的海都蓝。芝加哥就在这片蓝色的湖边。从湖岸看去,芝加哥的林立高楼倒映水中。

　　如果没有这片水,芝加哥那些摩天大楼群就没有灵气了。站在西尔斯大厦顶端,周围的形状各异的高楼尽收眼底,但真正吸引你目光的却是不远处泛着蓝光的密歇根湖,湖面上游艇零星缩成点点的白,湖水就好像在你脚下,因为高的缘故,湖边的蓝色开始微微泛绿,湖岸有点点的小车在移动。

　　密歇根湖静静躺在城市的东面,湛蓝湛蓝。风城芝加哥,这个时候风已不再凌厉,湖风拂面,带来的是秋天的温柔。湖边的咖啡座,已经坐满了人。从湖边远眺,几何形的大楼错落组合,勾勒出绝美的天际线。

　　站在湖边,极目远眺,真个是"上下天光,一碧万顷",眼前除了一片透明的深蓝之外,就是阳光洒下的点点金光,晃着眼睛,让人心无纤尘,胸廓万里。面对这沧浪之水,可以什么都不想,让思想与澄碧无瑕的湖水一样辽阔空灵;亦可以什么都想,任思维的野马在无涯的蓝天碧水间纵横驰骋,感叹天地之造化,宇宙之无穷。此时此刻,任你何等人物,也只不过是沧海之一粟罢了。

　　沿着高岸边的木梯拾级而下,踏上一片柔软洁白的细沙滩。微风鼓起轻轻的浪花,时而跃上来给沙滩一个甜甜的吻。靠近水边,有两位白发老人一来一往悠闲地散步,几个黑人青年在打沙滩排球,一对金发碧眼双胞胎样的小女孩奔向湖边,伸出双手掬起一捧捧清澈的水抛洒嬉戏,时不时发出银铃般的笑声。不远处的一个港湾里,许多供游人玩耍或钓鱼的小艇静静地躺在她

的怀抱里,似乎有些寂寞。这天是礼拜天,按西方人的习惯,早上要去教堂做礼拜,一直到 10 点才结束。所以,此时游人还不是很多。

沿着伸向湖水深处的石头大堤,朝湖上漫步,蓝得透明的天空没有一丝云彩,近处的湖水清澈见底,稍远处呈浅浅的绿色,再远些变成了墨绿,更远的地方则变成了蓝色,与天空连成一片,让你分不清哪里是水,哪里是天了。海鸥展开白色的翅膀,不时向湖面俯冲;一群野鸭成双成对地在近处游荡,一副悠游自在的样子,为这幅平静的画面涂鸦了几笔灵动,平添了几分生气。一只灰黑色的加拿大天鹅立在一块大石头上,扭头梳理自己的羽毛。我端着相机蹑手蹑脚走过去,没想到它却一点儿都不惧怕,摆出了各种姿势。

密歇根湖是敞亮的,又是妩媚的。站在芝加哥军港码头所在的湖边半岛放眼望去,在那种令人陶醉的蓝色中,密歇根湖宛若一位风姿绰约的少妇,楚楚动人。与大海的蓝色不同,密歇根湖的蓝色属于不曾被污染过的蓝,纯洁的蓝,蓝得透明,蓝得深邃。极目远望,蓝色愈发浓烈,无边无际,与蓝色的天空

交接处有一条明显的分界线。密歇根湖水比天更蓝。一阵大风吹过湖面,那层层叠叠的涟漪像丝绸一样地柔软光滑。我感到这种蓝色的至纯至美,只有神奇的大自然才能够创造,是世界上任何伟大的画家都难以描摹的。

当然,密歇根湖的纯美既归功于自然,更归功于人类的自觉保护。为了保护这片圣洁的水面,美国伊利诺伊州法律规定,沿湖 1 公里宽、60 公里长的范围内,不允许有任何私人用地。正因人们的精心呵护,才使密歇根湖水历经数百年未受到一丝一毫的污染。有了这一汪巨大的淡水资源,不仅惠及芝加哥,连周边的城市都得到了滋养。芝加哥有 4 个相邻区域地下含水层的四周都是花岗岩,地下水的含镭量超标,给当地居民的生活造成巨大威胁,当地政府拟封闭取水井,从密歇根湖为这些地区调水。密歇根湖正以自己博大的爱,回馈着深爱她的人们。

车一直沿着这条湖边路开,满眼望去的只有蓝色的"海"和蓝色的天。那环湖公路又一直延伸到高处,所以坐车在那条路上的感觉就像是在坐飞机,仿佛路的尽头就是天,让我多少有了一点儿"车在往天上开"的感觉。

风城印象

芝加哥是我在美国见过的最美的城市。

早闻芝加哥"风城"的盛名,在飞机刚刚降落的时候,我就领略到了。隔窗望去,机场草坪上的小草被风吹得一边倒,当芝加哥的高层建筑群出现在眼前时,那种震惊让我毫无准备;密歇根湖一片苍茫的湛蓝在暮色里铺向天边,岸边的海军码头购物场,人流如织……

在美国众多的都市中,芝加哥排名第三,仅次于东海岸的纽约和西海岸的后起之秀洛杉矶。芝城位于美国中部密歇根湖畔与芝加哥河交汇处,面积588平方公里,市区人口约300万。整座城市依密歇根湖而建,美丽的芝加哥河分两支穿城而过。从车窗向外望去,公路两旁的红叶林层林尽染,密歇根州秋天的枫叶焰火一般,尤为惹眼,浮泛着片片落日的光影。

毋庸置疑,美国摩天大楼群最多的地方,当数芝加哥。六七十层高的建筑物有好多座,直插云霄,成了芝加哥的标志;50层以下的楼群,比比皆是,摩肩擦臂,你勾我连,把芝加哥城塞得满满的。

我想,最值得让人称道的或许不是芝加哥的建筑繁多,而是它的建筑样式的丰富多彩,变化无穷。在这座城市,每一座楼都像一件艺术品,其中不乏仿古希腊和古罗马的建筑,而有些建筑则明显地带有文艺复

兴以来精神解放的标记,亦有近代和当代一些建筑师的杰作。他们异想天开的设计,奇特怪诞的结构,五花八门的造型,穷尽了人间的想象力,游览者无不感到眼花缭乱。

游览芝加哥,就像参观建筑艺术的展览会,又好像在阅读一部生动鲜活的建筑史。从18世纪到20世纪,这里有各个不同时代的不同特色的建筑。芝加哥的每一座建筑,大抵都有两个共同的特点:一是防火,二是都用钢结构。说到这里不得不提及芝加哥人的一段伤痛记忆。

1871年之前,芝加哥是美国的屠宰中心,中西部大草原上的牛、马、羊都送到这儿来屠宰。因此,当时的芝加哥到处是牛棚,晚上都点油灯。

一天夜里,大风从密歇根湖兴起,一农户家的牛踢翻了一盏油灯,火随风起,瞬间一片火光哀鸣,大火腾越芝加哥河,以每小时焚烧近42亩的速度在这395平方公里上肆意蔓延,足足烧了三天三夜。这场震惊世界的大火,使芝加哥的商业区几乎全部毁灭,10万人无家可归。一把大火不光烧掉了一笔巨款,烧死烧伤了一批人和牲畜,也把旧房破屋、一切落后的遗迹烧了个精光!

然而,塞翁失马,焉知非福。芝加哥人从头开始新的建设,当时人类的文明,科学技术的发展,已经有了相当大的进步,芝加哥火灾后的浩大重建工作吸引了当时世界第一流的建筑师。

建筑师们不约而同地来到这片毫无约束力的火后废墟上,他们的梦想在密歇根湖畔逐渐成为现实,一座座各式建筑高楼,在晨光里渐次拔起。与此同时,一种以钢骨摩天楼为标志的建筑风格诞生了,它以有力的线条和丰富的意象空间成为现代城市商业区建设的圣殿,新建的芝加哥城以一种崭新的面貌展现在世人面前,成为美国高楼大厦崛起最早、数量最多、风格最新的城市,真正实现了自己的浴火重生。建筑设计行业也从此形成了一个闻名于世的“芝加哥学派”,芝加哥被世界各国建筑师视为不可不去的“圣地”。

今天的芝加哥,一幢幢鳞次栉比、千姿百态的摩天大楼中,既有文艺复兴时期的典雅风格,又有未来时代的超前创作,还有奇形怪状的独特造型,构成了城市中心区域的壮观风景。

芝加哥市区很大,可粗略分为中、北、西、南四大片,东面是大湖。市中心有两大商业区,一个叫卢普区,一个是密歇根大道。北片是富裕白人阶层的高级住宅区,占人口40%的黑人主要分布在西片和南片。市中心叫卢普,意为环行道区,因地处高架铁道,地铁在地上所围成的矩形环道之内而得名。

它的范围,长约一公里多,跨七个街区;宽不到一公里,跨五个街区。虽是弹丸之地,芝加哥人却誉之为"世界最富有地区"、"世界最繁忙的地区"。

漫步在芝加哥的街头,街上的人潮车流汹涌。走过芝加哥旧水塔,那是一幢哥特式的石灰石建筑,是当年大火中的少数幸存者之一。走进去,里面正有一个小小的素描画展,衬着白粉墙,一种雅淡清净。

芝加哥河畔,绿玉色的河水静静地流着,我抬头仰望高高的讲坛塔,这幢1925年建筑的哥特复兴式建筑是芝加哥讲坛报的所在地,也是芝加哥最著名的建筑之一。当年,这座楼的建筑师的设计方案在来自世界33个国家的264个方案中脱颖而出,拔得头筹,成就了这幢36层的大厦。在大厦的正面装饰着来自中国长城、埃及金字塔、苏联克里姆林宫以及其他世界著名建筑的石头。与讲坛塔隔街相望的,是维格利大楼。这幢同样建成于20世纪20年代的大厦外覆上釉的白色陶料,装饰繁复,是由西班牙西维尔天主教堂的一座高塔点化脱胎而来。

芝加哥还有一个很好的自然条件,它坐落在密歇根湖畔,地质都是岩石,坚硬牢固,摩天大楼群才得以林立。往东北方看景色最美,头上是无穷深远的蔚蓝天空,眼下是优美的建筑群,远处是碧绿的密歇根湖。

芝加哥鳞次栉比的高楼大厦与密歇根湖一望无际的烟波浩渺,可以说就

是一道既反差极大又相互辉映的独特风景。人们沿着湖畔走上 50 公里，也未能走出这个偌大的城区。但游客通常涉足的第一站，十有八九都会选择湖滨最凸出的一块长条状陆地——海军栈桥公园。它原来是 1916 年建成的海军码头，从陆地向湖中延伸长达一公里，占地 50 多公顷，后来又先后派上商业和行政用途。上个世纪八十年代，政府耗资两亿美元将它改造成包括游乐场、儿童博物馆、会议中心、美食中心在内的休闲娱乐胜地。

喜欢逛街购物的太太小姐们，绝对是把"壮丽一英里"当作头号"狩猎"目标。这段不足一英里的密歇根大道荟萃了全球著名的大商场、大酒店和大餐馆，足可与纽约、曼哈顿第五大道、巴黎香榭丽舍大道或东京的银座媲美。这条大街的夜晚分外迷人，密歇根湖水倒映着岸边灯火辉煌的一座座摩天高楼，勾勒出一幅繁华都市夜景图。芝加哥建城至今虽然只有短短的 170 年，却拥有丰富多彩、独一无二的人文景观或历史记录，令人感怀回味。

我们步行穿梭在芝城市中心里，市区沿着宽阔壮丽的大道连绵数十公里，规划布局井井有条。街道似乎都是平行交叉建设的，很有层次。西尔斯大厦成了我们的路标，在西尔斯大厦第 103 层有一个供观光者俯瞰全市用的观望台，在那上面，天气晴朗时可以看到美国的 4 个州。沿路走来，芝加哥河蜿蜒南下、铁路轨道纵横交错,不愧为美国中部重要的交通枢纽中心。

云门是一座位于芝加哥千禧公园的巨大雕塑,向公众开放展示后已成为芝加哥新的城市地标。这款雕塑的主体造型类似于一个椭圆,高 33 英尺,长 66 英尺,宽 42 英尺,重约 110 吨。市民们给它的昵称叫做"豆子",因为这种描述似乎更加形象。云门远远看去就像是一滴水银一样,它采用抛光不锈钢外表制成,因此无须任何的花纹修饰即可将周围的景色映入其中,不同时间不同角度所看到的"豆子"都是不同的。通过这种独特的设计使得一个原本"单调"的外表拥有了非常丰富的内容。设计者称之为"通往芝加哥的大门,映射出一个诗意的城市。"

芝加哥城的布局很规则,街道整齐,基本上是横平竖直,从高空看,有两条十分突出的高速公路,像两条对角线,成斜十字交叉,把城市切成四块三角形。不知这是上班时间,还是下班时间,小汽车像爆发的山洪,从各种住宅里,从一幢幢停车大楼里倾泻而出。美国大城市里的许多停车场,实际上应该叫做"停车楼"。在美国的城市里存汽车是一难,为了扩大停车场而又节省地面,便向空中发展,盖成一座七、八层乃至十几层的大楼,楼里没有小房间,每一层楼就是一个停车场。

市中心的交通枢纽站和街道的交叉口,都是立体交叉,有的三、四层,还有的分五、六层,每一层上都塞满了汽车,有时五六辆汽车并排在一条路面上行驶。从楼顶望下去,这些小汽车像成群结队的小甲虫。你咬着我的尾巴,我咬着你的尾巴,缓慢地向前蠕动。高速公路变成了长长的输送带,不见汽车动,只见一条条五彩斑斓的带子在流动。如果有一辆汽车出问题,整个输送带便停止运行,一堵就是几个小时,前进不能,后退不得。公路变成停车场,像一个巨大的色盘,那些彩色的铁甲虫,变成了静止不动的色块。

海军码头

　　芝加哥是爵士乐的故乡。

　　音乐，我一直认为是艺术中较为抽象的一种，此前，对它并未有多么深刻的认识。而于爵士音乐而言，我更是从未与之有过亲近。这天我却与爵士乐来了一场不期而遇的艳遇。

　　城市的华灯如昼,沿着芝加哥河畔散步,璀璨的建筑群在眼前渐次展开,一种人定胜天的豪迈涌上心头,人类的智慧无所不能,现代都市的气派显得财大气粗。蓦然回首,一座巨大的建筑物矗立河岸。一番打量,原来它就是始建于1916年的海军码头,这里曾一度被称为"芝加哥最美丽的地方"。作为芝加哥的地标,第二次世界大战期间,它曾是被用来训练海军及集会的广场,也曾是伊利诺伊大学最初的临时校地。时过境迁,如今的海军码头已被改建成了现代的综合性商业建筑,里面开辟有芝加哥著名的儿童博物馆、餐厅及浪漫露天咖啡厅。夜空低垂时,登上附近的摩天轮,可看密歇根湖面上水天一色,别有一番风情。

　　进入大厅,便能醒目地看到一家墨西哥菜特色的餐厅,餐厅门面并不起眼,里面略显嘈杂。由于早已饥肠辘辘,我走进后,在舞台边的桌子坐下,片刻之后,服务员就端了饮食上来,都是些大块的肉和干薯条。

　　半晌工夫,四位老叟慢步走上舞台,一副玩世不恭的老小孩模样。不知何时,台上早已摆好了一架陈旧的钢琴、还有萨克斯和架子鼓一类的乐器,他们慢悠悠地拿起乐器,胡乱地试了一通。领头的向两边分别示意后,便开

始了正式的演奏。随着演奏的深入,整个餐厅也逐渐沉静了下来,食客们的注意力开始被他们吸引。

音乐渐入佳境,看得出,周围的人已经不知觉地陶醉其中。一曲终了,他们相互会心地点点头,交换着自己的感受和音乐体验。我坐在中间,像个局外人,被孤立着。这几个老头自顾吹弹,一副唯我独尊的傲慢,并不理会台下的观者。不过,略微静下心来,也会发现,老头们的演奏似乎也不无章法,他们演奏虽然一切都似不经意,但听来却松弛有序,配合得也算默契,有一股悠然自得的神韵贯穿其中。

我开始想办法听出点门道来,挖空心思地将自己有关音乐的记忆翻出来,希望对眼前的景象和耳边的旋律做出新的感受和理解。气定神闲之后,先前的嘈杂感逐渐消失,乐声开始真正进入大脑,轻轻为我梳理着杂乱的思绪。

恍惚之间,又一曲终结,我由衷地随大家鼓起掌来,并仔细打量起台上的四位老人。他们都是黑人,其间一位垂垂老矣,坐在舞台左侧弹钢琴,松树一样的皮肤,不过弹琴时动作娴熟精准。弹毕,双手像是从钢琴上拂过一片云,潇洒自如,然后手与眼帘一并垂下,睡着一般,不动声色。在松树老者后方,居中的是一位大提琴手,头上顶着略微起皱的鸭舌帽,两条腿长且直,侧面望去,他是坐着还是站着,难以分辨出。他的琴拉得很程式化,毫无艺术表演的感染力,他与其他几个同伴只以心灵沟通,并不囿于某种规则。一曲拉完,他掏出手帕轻轻擦了下手和嘴角,一脸小孩子偷看别人的狡黠眼色;右边阴影里的老人家,胖乎乎的,戴着圆圆的眼镜,脸上总带着微笑,一副胸有成竹的样子,敲敲打打地忙得不亦乐乎。

舞台正中央,顶光照着的是一位身材厚实的老人,神色坚毅,一脸沧桑,相比之下他是最有艺术模样的,演奏也最投入。一把萨克斯管,被他吹得异常娴熟,有时还唱上一段。声音略沙哑,但很明朗,有一股苍凉倾诉的韵味。他的歌声睿智豁达,饱含着对生命的热爱,在他的身上,有着自强不息的生命之光,而他所歌唱的,正是自己对生命、对世界独特的见解和感触。这几位老者已经与世无争,他们拥抱着不尽的回忆和感受,虽然已近迟暮黄昏,但也自得其乐。

对音乐语言,我知之甚少,更无从了解老人们的过去。但此情此景,我这个经年奔忙的异乡人却为之欣慰。这支成员老迈的乐队,以老人歌声特有的宽厚,让我感受到了朋友般的信赖,也看见了生活的安祥和温馨。

短暂的中途休息,台上台下的交流融洽起来。主音手依旧坐在自己的座位上,俯身打开一只小箱子,里面装满了 CD。见此情形,客人们蜂拥而上,上前寻找自己的至爱,掏钱抢购。我坐在离老者不远的地方,从他的表情看,他的耳朵不灵光,以致连续问了几遍客人们的名字。末了,客人索性自己先写下名字,老人才眯缝起眼睛,用粗大的手指抓起纤细的笔,缓缓签下了下去,然后报以和善安详的笑容。

从音乐世界重回现实,这位老人演奏时的活力和风采,几乎消失殆尽。他衣着朴素,衣襟微敞,不过刚才的乐趣还写在脸上。他给萨克斯管换嘴时,不小心掉到了地上,只是轻描淡写地将它捡起,随手在大腿上笨拙地擦了一擦,又插在了萨克斯管上。

舞台灯光重现,另外三位老人重新回到乐器前,他们的神态也突然间回去了,神态各异。音乐再次响起,凭空出现一位侍者装束的女人。乍一看正值妙龄,再看时却觉风韵十足,她的笑容富有 20 世纪初中国女性的味道。亮相后,她略施行礼,随即和着音乐声,亮出清亮的歌喉。她的歌声充满了自信与表现,全然不同于老人们怀旧的苍劲。这样的歌声带着女性体内的温度,热情洋溢、甜美圆润。

歌声沉落,餐厅内气氛骤然热烈,掌声经久不歇,不时还夹杂着喝彩的口哨声⋯⋯

离开餐厅时,我有些不舍。这一次,我前所未有地被音乐的内力感染,有了共鸣。我尽力将思绪拉回现实,然而,餐厅里的音乐声久久萦绕耳边,激荡着心灵。这座由码头改建的旅游建筑,和一间不起眼的餐厅,为普通百姓提供了一个看似并不高雅的艺术殿堂,却实实在在地让人们在这里感受到了艺术的魅力。在生活之余让艺术撞击心灵,而至灵魂的愉悦和净化。

我想,艺术表演本身就是生命光彩与生命力的表达过程吧!

加州，加州

考察美国的农业，绕不开加州这个农业最发达的州。而对加州的向往，却是早已有之。

加州实在是一个让人喜欢的地方。这种喜欢从一首非常经典的吉他曲开始：《加州旅馆》。加州旅馆，淡淡忧伤与步履复杂的一个名字已让人魂牵梦绕，而曲子本身又是如此动听。这还是许多年前的事了。那时我便想，有一日一定要到加州去。

加州全名加利福尼亚州，南邻墨西哥，西接太平洋，是美国经济最发达、人口最多的州。因早年兴

起的淘金热,又名金州。

无论是地理地貌还是人口构成,加州都是一个十分奇特的地方。加州50%的人口聚居在洛杉矶和旧金山,而这里又聚居了全美50%的华裔。加州境内山脉贯穿,地形复杂,有沙漠、有高山、有草原、有沙滩,地理条件差异很大。西北部雨水丰沛,年降水量高达三四千毫米,而东南部科罗拉多沙漠年降水量才六七十毫米;加州坐落着美国本土的最高点惠特尼山和最低点死谷,二者相距不到一百四十公里,海拔却悬殊四千多米;夏季,东南部科罗拉多沙漠的温度高达54℃,而冬季,内华达山巅则冷似北极。无论从哪一方面来说,加州都是一个传奇。

加州1848年发现金矿,城市迅速发展,19世纪末洛杉矶石油的发现与开采又使得该地区工业得到迅速发展。二战后,加州不止是新兴工业兴起,农业也得到空前发展。但这里粮食种得并不多,主要出产蔬菜、水果。全美60%的蔬菜、水果靠加州提供,加州橙子、葡萄以口感好、品质佳著称于世,行销全球。美国市场上的葡萄酒也多酿自于此。

洛杉矶是我们待的比较多自然也是印象最深的一个城市。

洛杉矶地处美国西海岸,有很长的海岸线,就像一个巨人伸出双臂,一只臂膀是海潮掀起的白浪,拥抱着蔚蓝的太平洋,另一只臂膀是绵长的洛基山脉,挡住了美洲大陆刮来的寒风,洛杉矶就是这个巨人厚实的胸膛。

洛杉矶是加州最大的城市,人口约三百五六十万,而大洛杉矶地区人口超过1000万,占到加州的三分之一。大洛杉矶地区由117个大小城市组成,其中有7个城市几乎全是华人,有时候甚至连市长都是华人。众多小城市星罗棋布地散布在洛杉矶市周围,从空中看,连绵不绝,大得惊人。

这里没有四季,常年阳光明媚温暖如春,街道两边耸立着高大的棕榈树,到处盛开着鲜艳的玫瑰。就是这得天独厚的地理环境吸引了大量海外移民,来自中国的新老移民也大都集中在这里。

在考察农业的同时,我还特别注意到洛杉矶的建筑与交通。

洛杉矶很少有高楼,就连市中心也没有几座称得上高楼的建筑,一到下班、周末和节假日,大街上更是看不到喧嚣的人群。这么大的一座城市,没有地铁,公共交通也不发达,离开汽车寸步难行,几乎是千万人口千万辆汽车,但由于办公、购物、生活相分离的城市架构,使得大洛杉矶地区很少出现堵车现象,这一点很值得我们深思。

好莱坞见闻

自由女神、好莱坞和星条旗是美国的三大象征。如果一定要找一个美国的文化符号，好莱坞就是一个不错的选择。虽然老美们不喜欢"被代表"，但用好莱坞来代表一下他们的文化，想必不会有非议。

红衣大汉"热情"迎接

在晴朗的日子里，好莱坞城，山头上那一行巨大的字母"HOLLYWOOD"在阳光下闪闪发亮。在那些做着电影明星梦的青年男女眼里，这一排闪亮的字母，无疑就是成功和希望的召唤。从美国各地，有许多满脑袋幻想的明星迷向好莱坞奔来。在几十里路外的地方，他们就能看到山头上那行充满诱惑力的字母。然而，真能如愿以偿成为明星的，终究只是沧海一粟，在这里，大多数人只能留下失望的叹息。

作为一个游客，我和其他到好莱坞的人一样，只对这里的景点感兴趣，主要是来参观影片公司，开开眼界。

我首先来到了好莱坞的环球影片公司，这里专门辟出很大一部分供游客参观。和国内众多旅游景点一样，这里更是人流如织。家长们携儿带女，穿红着绿，有美国本土的，更有像我这样的外国游客。

我刚走进大门，迎面就走来一位高大魁梧的红衣大汉,只见他全副武装,胸前插着三支铳子手枪,腰间挂着佩剑,一项三角形的帽子挂在后脑勺,活脱脱就是大仲马小说中的火枪手。导游解释说:"这是电影公司的雇员,他们化妆成各式各样的银幕形象到处巡游,游客可以随便邀他们照相。"说罢,他挥手招呼一声,那红衣大汉果然微笑着站到下面来,摆出让我们照相的架势。

随着人流,我坐上了专门旅游车,驶向电影制片厂的腹地。旅游车由三节车厢组成,连成一体,上面没有玻璃窗户,坐在车上就可以向四面八方观望。在车上,向导大声告诉我们:"现在,请大家注意观看,无数电影中出现的种种新奇的镜头,将在你们眼前一一展现。如果你们曾经感到神秘莫测,那么,谜底马上就要揭晓了。"

旅游车驶过一片坡地,路边树丛里突然爬出一辆形状奇特的白色装甲车,透明的驾驶室里,坐着身披铠甲、头戴银盔的太空人。装甲车顶上,一架类似望远镜的装置灵活地转动着。等我们的汽车从它面前经过时,一股白色烟雾呼呼地从那圆筒里喷了出来。这大概算是入侵地球的外星人向人类发起的攻击。这个小小的序曲并没有引起什么恐慌,只有几个孩子把头探出窗外,嘴里发出"哦哦"的欢呼声。

断桥惊魂·鲨鱼行凶

继续向电影厂腹地进发。一路上,不断有稀奇古怪的遭遇和见闻。汽车经过一座样式古老、看上去摇摇欲坠的木桥时,我心里有些奇怪:在如此现代化的电影厂内,怎么还用这

种破旧的木桥呢？当车开到桥中间时，我听见一阵木头断裂的嘎吱声传来——桥梁断了！眼看桥面随着断落的木架慢慢下陷，车上的人们发出惊悸的呼喊，我的心也怦怦直跳。结果却是一场虚惊，我们还是安全地通过了木桥。

旅游车又从另一条道路绕着木桥转了一圈，在我们的注视下，复原的木桥又一次断裂了。不过这次有了心理准备，没有受到惊吓。原来，这是一座专门用来拍摄特技镜头的假断桥。驶离断桥不过 200 米，一片湖泊挡住了去路，旅游车紧靠湖岸行驶。我看到湖心有一只小舢板，舢板上，一个男人正一动不动，端坐钓鱼。突然，车上有人大声地叫喊起来："瞧，鲨鱼！鲨鱼！"果然，湖面上出现一片锋利的黑色鱼鳍，鱼鳍快速地靠近湖心的舢板。"快，快逃！快逃！"一个黑人姑娘对湖心大声呼喊着。但来不及了，鲨鱼猛然撞翻舢板，垂钓者跌落水中。只见舢板边窜出一条巨鲨，我还来不及看清它的面目，只看到两排尖利惨白的牙齿在波动的水面一闪而过。鲨鱼很快又潜入水底，那落水者再也没有浮起来，一股鲜红的血水从湖底涌出来……

旅游车停在湖畔，游客们都目睹了这一幕惨剧，不由得心惊肉跳，我也有些发呆。过一会儿，只见黑色的鱼鳍很快又露出水面，并飞快地向湖岸逼近。三节车厢中，不约而同地发生了小小的骚动。当鲨鱼游近我们后，猛然窜出水面，

那张利齿大嘴一张一翕,似乎在向我们示威。车厢里顿时爆发出一片惊呼,鲨鱼跃出湖面时溅起的水花,洒到靠窗而坐的游客身上……自然,这又是一场虚惊。那条可以乱真的巨鲨,实际上是一条用电脑操纵的机器鱼,湖心小舟上的那位垂钓者,也是没有生命的假人。不过,这个鲨鱼行凶的场面确实惊心动魄,给人身临其境之感。电影《大白鲨》中的那条鲨鱼,其实也是这样一条机器鱼。

参观环球影片公司,我们用了整整半天时间。虽是走马观花,但印象极深。使我感慨的,不仅是他们先进的技术设备和丰富大胆的想象力,还有他们为游客的精心安排及有条不紊的组织工作。

"中国剧院"和星光大道

下午,我们一行人游览了好莱坞城的市区。市区规模并不大,我站在市中心的十字路口向四面眺望,城区的边缘都可纳入视野。这里没有摩天大厦,但建筑风格多姿多彩。城里最大的特点便是电影院特别多,在那条贯穿城区的夕阳大道上,几乎每隔几十米,就有一家电影院,电影院的规模一般很小,而且都门庭冷落。其中有一家专门放映新片的电影室,名叫"中国剧院",其规模和气派在好莱坞首屈一指,在印有好莱坞风光的明信卡上——"中国剧院",便是其中著名的一景。

　　中国剧院在 1927 年 5 月开幕,是一幢中国古宫殿式的建筑。门口有巨大的红色立柱,门楣上以巨大的龙作为装饰,立柱上方的空间绘有西汉古墓中的壁画,69 英尺高的青铜色屋顶高耸入云,戏院内部也以中国艺术概念来设计。

　　在中国剧院的门前是一片空地,我看到不少人聚集在那里,都低着头在地上寻觅。这一片土地,便是世界影坛的一片圣地——闻名于世的好莱坞星光大道。目前,在星光大道上留下自己名字的美国著名导演、演员和其他文艺界人士有 2400 多人。在好莱坞和美国演艺界,争取将自己的名字刻在星光大道的名人走廊上,是众多演员终生追求的目标。地面由许多形状不一、大小不等的水泥石碑组成,石碑的颜色也不同,有白色的、灰色的,也有蓝色和红色的。每一块石碑上,都有一位世界电影明星的脚印、手印和签名,一块石碑就是一位明星的纪念碑。

　　半个世纪以来,几代电影大师们大多在这里留下了印记,有依然雄踞影坛的当代影星,也有几十年前就在银幕上创造不朽艺术形象的影坛巨星。最早在这里留下脚印的演员是诺玛·塔尔马奇,她在脚印下方写有对别人祝福的话语:“我的愿望是希望你们成功。”尽管我对电影明星了解甚少,但在满地石碑中,我还是辨认出一些熟悉的名字来,如玛丽莲·梦露、西尔威斯特·史泰龙、英格丽·褒曼、琼·芳登、简·方达、劳伦斯·奥立佛、白龙·马兰度、格利高利·派克、李小龙、成龙等,这儿甚至还有动漫形象唐老鸭的脚印。人们在地上寻找着喜欢或者崇拜的电影明星,在石碑前久久停留,仿佛从那些足迹和手印中,会幻化出明星们的形象来。

　　在中国剧院旁的人行道上,是宽阔光滑的磨石子水泥地坪,中间嵌着一颗颗镶着金边的粉红色五角星,那些五角星中也镌刻着人名。它们不属于演员,而是属于功成名就的导演、摄影师、美工和其他的电影艺术家。我看到有不少红星中间还没有名字,据说,这是为那些还未成名的艺术家预留的,一旦他们的成就被世人公认,名字就可以刻在红星上。

　　我路过一颗颗五角星,如同置身于漫长的电影发展历程。在我们的观念中,把自己的名字刻在地上,被游人俯视,也被人们践踏,似乎不是一件美事。不过在好莱坞,这确实是电影艺术家们极大的荣耀。

　　我不由得放轻了脚步,轻轻地离开了。

曼哈顿绿地

汽车从宾馆出来不远,就上了高速公路,很快又转到另一条高速公路上。我一路上迷迷糊糊的,基本没顾上看什么景色,只隐约感到路上车流如织,跑得并不是很快,不时还有速度很慢,甚至停下来的感觉。10 点左右,我醒了,车刚到纽约城边。进入城里后,车跑得更慢,快 11 点了,我们才到目的地——曼哈顿。

曼哈顿用印第安语解释，就是"上当了"。当年，狡诈的荷兰人欺骗了纯朴的土著印第安人，居然用价值24美元的假珠宝就买到了总面积为57.91平方公里的土地。印第安人知道实情后，肠子都悔青了，大呼"曼哈顿"，但悔之晚矣。如今的曼哈顿成了纽约市最有名的一个区，而且是中心区，包括曼哈顿岛、依斯特河中的一些小岛及马希尔的部分地区。这里汇聚了著名百老汇、华尔街、帝国大厦、格林威治村、中央公园、联合国总部、大都会艺术博物馆、大都会歌剧院等。"9.11"事件之前，曾经的摩天大楼——世界贸易中心也矗立在这里，而如今却是废墟一片，仅能供人凭吊叹惋。

曼哈顿的街道命名很有特点，南北向的称之为"大道"（Avenue，简作 Ave 或 Av），如 5Av、7Ac、ParkAv 等，东西向的称之为"大街"（Street，简作 St），如 5thSt、10thSt、100thSt、130thSt 等。走在大道或大街上，我最强烈的感觉是压抑，抬眼望去，都是看不到顶的高楼，几十层、上百层；几十米、几百米；一幢幢、一排排、一行行，排队似的耸立着，外形各异，就像一片钢筋水泥铸就的巨大森林！还有一个感觉是车多，太多了。无论大道也好，大街也好，都很狭窄，几乎全是单行线，路两边停满了车，路中间更是车来车往，多得像蚂蚁搬家似的。人行道上是熙来攘往的人群，黑种人、白种人、黄种人，胖的像一座小肉山，瘦的叫人担心一阵风就能吹走，高的比姚明还高，矮的像被压缩过似的，形形色色，品种杂陈，宛如一场活生生的世界人种兼人体博览会。

在市中心区粗略浏览一个多小时后，我们的大巴沿着第5大道来到了"华人街"——"唐人街"——"中国城"。这倒是个名副其实的地方，目之所及，全是华人，倾耳所闻，皆是汉语。"美国少林寺"、"福临门"之类的中文招牌随处可见，甚至还有"黄大仙"铺面，这种在国内看不到的招牌竟然也大摇大摆地挂在门楣上，里面供奉着一尊神像，旁边写着"有求必应"之类的文字。这个店铺面积不小，顾客进进出出，一副生意兴隆的景象。

　　我身处其中，内心里竟然涌出失望的感觉，不，不只是失望，而且是很失望。在这个位于世界第一大都市的城中之城里，我们的同胞居然把国内的"传统"继承着——脏、乱、差，低档次、低层面、低品味，整体感觉还不如国内一个好点儿的县城。

　　我匆匆而来，也匆匆地离开了。

　　我再次回到曼哈顿那令人窒息的摩天楼的森林里，看着黑白金属和棕墙之中的片片绿地，平复自己的心情。

　　我来到了中央公园。公园被第 59 大街、第 110 大街、第 5 大道、中央公园西部路包围着，面积达 843 英亩，是一块完全人造的自然景观。望着里面芳草萋萋的绿地，郁郁葱葱的森林，以及多处可以泛舟的湖泊。我很奇怪，在高楼遍布、人声嘈杂的世界第一大都市的中心区域，竟有这样一片清心、休闲、放松、娱乐的清静之地，而且面积如此之大，保护如此之好，景色如此之美，设施如此之全。这块闹中取静的地方竟然没有被占用，这真是一件不容易的事情。要知道，在纽约这种寸土万金的地方，无数豪门巨富都拿着钱想买一块地皮，建立自己的商厦。而这么大一个公园，能盖多少大楼？能解决多少人的商住问题？能给开发商带来多大的利润呢？可 150 多年过去了，纽约市一代又一代

的领导们，并没有打这片公园的主意，它始终原封不动地保留着，原生态地存在着。

望着那成片的绿，醉人的绿，那一片在这钢筋水泥的世界里坚守了一百多年的绿，我不禁想，要是国内的某个大城市中央有这样一块地，不知道会变成什么样呢？我发现这种质疑很是无奈，而且产生另外一种想法：在现在这个时代，绿已并非全是大自然的本色了。在类似的现代化的都市里，有钱就能使大地变绿。而眼前的这片绿地，似乎蒸腾并弥漫着一股骄横之气，在掀动那些遍地飘扬的星条旗。

土地本身是没有善恶刚柔的。我不能说这块土地是"罪恶"的，但我觉得它多少"狂妄"了一点。它缺乏莱茵河畔的那种含蓄，也不如泰晤士两岸的古典，更没有秦淮河畔的诗意。美国人拥有一切，但我感到他们缺少一点教训，或者说，他们缺少一次彻底的失败，未能磨一磨那股太硬的阳刚之气，以至于有点阴阳失调。

我的念头一闪而过，周围匆匆而过的，还是那些开朗而轻狂、自信而保守的美国人，而我自己，还是一个来自东方的过客。站在他们的土地上，我独行其是，神秘而微妙。

纽约风情

一

许多中国人都看过冯小刚早期电视《北京人在纽约》，记得这样一句话："如果你爱他，请送他去纽约，因为那里是天堂；如果你恨他，请送他去纽约，因为那里是地狱……"

我们怀着复杂的心情，走在纽约大街上。街道两边的高楼大厦透着钢骨、石条、砖块的沉冷质感，一幢幢直插云霄，将蓝天逼成狭窄的"一线天"，让人感到一种浓重的压迫感当头袭来。这个世界金融中心的氛围是漠然的，它的人群也是漠然的。他们衣着入时，仪表翩然，眉宇间却永远浮着一丝冷漠。充满生存竞争的纽约如同一张大网，网住了多少匆忙的人鱼！纽约居，大不易。人们睁眼闭眼都想着钱，半夜三更坐在马桶上还在做着发财梦。没钱怎么行呢？有钱，才住得起曼哈顿的高级公寓，才能在衣香鬓影的社交圈里比一比颈间的珠光，才可以做一个慈善家，把自己的名字刻到什么地方。

二

如同这个国家一样，纽约非常年轻。它的发达经历有些像中国沿海一带在开放中崛起的城市。

　　18 世纪末 19 世纪初,纽约还只是一个仅仅两万人口的小港,同在美国东海岸的波士顿、费城、巴尔的摩和南方路易斯安娜的新奥尔良,无论在哪一方面都领先于纽约。当时的美国西部,特别是五大湖区的货物,大部分都通过密西西比河水道,经新奥尔良出口墨西哥湾。后来伊利运河修建运营,使得纽约立即成为五大湖区和西部的货物出口的首选港口,而五大湖区由于激增的人口和迅速发展的工农业,又为作为工业生产基地的纽约提供了一个巨大的市场。从 1825 年伊利运河竣工到 1827 年,仅仅两年的工夫,纽约的货物吞吐量就超过了美国所有的城市,其中两倍于巴尔的摩,5 倍于新奥尔良。1850 年,纽约人口达到了 50 万,远远超过了其他城市。

　　在纽约和它的对手竞争的过程中,相当长时间里,伊利运河给予了纽约无与伦比的优势。但后来这个优势随着连通东西部的铁路的通车而消失,看起来,似乎大家又回到了同一起跑线上。可是,由于伊利运河而带来的 40 年迅猛发展,使得纽约积蓄的工业和商业优势实在太多了,在此后 100 多年的长途赛跑中,纽约再也没有被对手赶上,甚至距离越拉越远。这个优势一直保持到今天,而且在可以预见的将来,将一直保持下去。

　　纽约今天作为世界金融中心,区别于当初伦敦金融中心最大的地方,就在于其在股权交易方面有了全新、更深、更广的发展。整个 20 世纪,在股权交易方面,纽约作为新的世界中心的地位,都是伦敦、阿姆斯特丹,或者中国香港这些其他金融中心所不可替代的。直至现在,不管是新公司上市,还是大公司要并购、扩张,甚至于有创业理念的年轻人要找创业资本,基本上都离不开以纽约为大本营的方方面面的股权投资公司、股权投资银行,都是不能不依赖以纽约为基础的方方面面的股权市场的支持。

三

　　"9·11"事件后,往纽约去的旅人多半是要观瞻世贸双塔遗址。我在这里伫立很久,心堵如石。遇难者名单上,有不少中国姓氏的名字。这种悲剧不止事关美国,而是属于整个人类的。

　　东河上船只往来频繁。不远处的码头平台阴凉处,两个西装革履的年轻人坐在一张长椅上,一口一口地咬着三明治,说着话,东张西望。他们西服挺括,皮鞋闪亮,头发上抹了过多的发胶,眼神藏不住稚气。他们定然是华尔街的新兵了,还需要岁月的长时间冲洗。若干年后,他们会知道怎样把发胶抹

得恰如其分，那时，若是运气好，也许可以在华尔街日报的某一版里登上一张自己的肖像。

对岸布鲁克林的红砖楼不忍细看。那里住的都是普通人，虽然与曼哈顿近在咫尺，会知道天气再热也不拉起裤管露出小腿上的刺青，会知道怎样在计算机前让股票市场翻云覆雨，却一生躲藏在纽约城的穷街僻巷之中。

不喜欢华尔街的还有一门心思做学问的经济学家们。在伊利诺伊大学攻读经济学博士学位的老乡说，企管硕士们才去华尔街闯世界，而经济学博士们的理想是在学术殿堂里做育才精英。不仅他们自己这么想，他们的导师，老一辈的经济学博士们也这么想。若是新科博士们中有哪一个"不务正业"想上华尔街，导师就很失望，多半会在未来的雇主循例上门做背景调查时，将自己的学生狠狠诋毁贬抑一番，这既是对背叛师门之惩戒，也是对其他学生以儆效尤。

我们沿着华尔街走。

印象中，华尔街就代表着金钱。华尔街是美国金融界的代名词，此处土地价格在全世界首屈一指。在布劳德街（Broad　Street）和华尔街的十字路口

154

处,立着一栋罗马式建筑,那便是闻名世界的纽约股票交易市场。潮起潮落间,已不知道令多少人一夜暴富,或是倾家荡产。

看到一座现代派街头雕塑,据说这就是华尔街的代表性雕塑。往上望去,华尔街两旁无数的办公楼窗户如一只只黑洞洞的眼睛,从高处俯视着大地。我想象着窗户后面男男女女忙碌如黄蜂的情景,他们天天干着些什么事情呢?

联邦大厦国家纪念堂建筑很有特色,我和熊钧、永春、杨木站在门前宽阔的台阶上,拍了几张照,惊奇地知道了原来这儿(而不是华盛顿),竟然是美国首任总统宣誓就职的地方。

四

圣三一教堂坐落在华尔街的顶端,哥特式建筑,不算高大雄壮,然而宁静庄严,与它面对着的两排办公大楼形成鲜明的对照。它始成于 1698 年,已重建过两次。

与坐落在曼哈顿中城、同样是典型的哥特式建筑的圣帕屈克教堂不同,前者是全美最大的罗马天主教堂,如今是纽约区大主教的驻锡地,而圣三一教堂是纽约最有钱的教堂,拥有不少地产,据说也是华尔街的保护神。

人们在初秋的阳光下络绎不绝地进入教堂,有的燃起功德烛,合掌虔心祈祷;有的散入中殿,找一个合适的座位,跪下来,低头将脸埋入双手之间;也有不少人,如我一般的来客,提着照相机,满面好奇,只做着旅游观光的事。

教堂三面绿荫掩映处,为著名的墓园。

走过去,大门闭着。我透过雕花铁栏,凝望绿树碧草间一方方灰白的墓碑。有橘红色的野花在风里飘摇。看着速记员、打包小弟、清洁女工,坐在墓碑上,行在墓草间,我的脑海里浮现出美国作家卡尔·桑德堡的诗句《圣三一之宁静》:"谈着战争和天气 / 谈着孩子、工资和爱情。"

尘世忙碌的人们在青青的墓园里,寻找片刻的宁静。在夏天,有时还能听见午间音乐会。

墓园是最令人安静的地方。谁到了这里,也得停下脚步,忘记喧嚣。生与死是一个博大精深的话题,但归根结底都是那一声啼哭和三尺墓地。

于是有人说,活着就是美丽的。

绿玉色的记忆

　　芝加哥河上，漂亮的游船载着花花绿绿的游客来来往往。导游操着英、日、德、法四国语言，一遍遍地讲述着这座城市的历史。游船顺流而下，行过芝加哥的心脏地带，驶向每一个美丽的晨光熹微……

　　有了烟波浩渺的密歇根湖，我们通常会忘记芝加哥河，而事实上，芝加哥正是一个因河得名的城市，芝加哥河与芝加哥城的历史，正像北京与潭

柘寺的关系："先有潭柘寺,后有北京城。"这本来是一段不应忘却的历史,但可惜的是,在过去很长一段时间内,连芝加哥人自己都曾经忘记过这条芝加哥市的母亲河。

这条全长 66 公里的河流,以及由她延伸开去的城市运河系统,都曾经对芝加哥的经济发展做出过突出的贡献,她经密歇根湖入口进入城市后,分成南北两支,流经很多居民区和工业走廊,在承担着整个芝加哥运输大动脉的责任同时,它自身也为之付出了沉重的代价。

芝加哥河原来是一条自西向东流入密歇根湖的自然河,但随着城市规模的发展,再加上芝加哥湖滨地区的突出地位,河道作为城市公共空间的作用就被严重地忽略了,各种工业生活污水随着城市排水系统进入河道,使它一度成为一条"臭河",污水给密歇根湖也带来严重的污染。

直到 1990 年,市政府才规范了芝加哥河两岸的规划与开发。芝加哥市政当局在芝加哥河上修建了运河水闸,完全改变了芝加哥河的流向,让它不再流入密歇根湖,而是倒流向西,然后往南注入密西西比河。从而彻底消除了芝加哥河的污染,也解除了密歇根湖水域被破坏的隐患。

经过治理变得清澈的芝加哥河成了一条水上走廊,从河道可以欣赏到两岸漂亮的建筑群落。芝加哥河上有十几座铁桥,每座桥的两端都有造型各异的桥头堡。上面写着该桥修建的时间,当时的市长、市政局长、总工程师是谁,大概是想做了好事留个美名,不过要是桥塌了的话,责任倒也很清楚。

因为这条河的出现,在我们的眼中,出现了两个芝加哥城。密歇根湖对岸的,是作为景观鉴赏的芝加哥;而坐落于芝加哥河两岸的,则是作为都市体验的芝加哥。

芝加哥的历史和文化,大抵都在芝加哥河畔。在这里,很少会有人沿着"一"字形走完芝加哥河,只要你是一个稍解城市风情的人,一定会像当时的我那样,沿着一条"之"字形的曲折道路,不停地在芝加哥河两岸穿来穿去,只有当你被这极度优美的城市河流景观折磨得精疲力尽时,你才能够体会到这条极富人性的芝加哥河所拥有的狡黠的一面。在这种穿梭中,你会在一瞬间邂逅当年的芝加哥诗人桑德堡在河岸的忧伤和梦想,他对这里的一切比喻都是真实的。因为在芝加哥河的两岸,你时时都能读得出它作为一个工业城市的过去,这种属于过去的凝重与沧桑,恰恰反映出了芝加哥今天的现代与优美。

芝加哥河畔的芝加哥，又是一个有着浓郁商业气氛的芝加哥。如果从城市功能来看，芝加哥河与其他城市河流都有着很大的不同。那就是说，它其实是一条城市商务河流，在它的河流两侧，密布着一系列名声显赫的高档写字楼。

同样，这里又是一个极其人性化的宜居场所。行走于芝加哥河两岸，你会深切地感受到，商务与人性与景观，原来可以如此和谐地共处于一个城市之中。无论是河岸两边的城市步道，还是不时从桥中穿过的城市游艇，都让你感觉到这条河本身就是一个最好的线性城市公园，你很难看到完全相同的两段岸线处理。相反，你倒是可以找到从世界范围内看来都有点匪夷所思的岸线做法，比如双塔公寓的滨河基座，就被处理成了游艇码头。这样一来，上面住人，中部停车，下面停船，这两个巨大的"玉米棒子"简直成了一对人类滨河建筑想象力的纪念碑。

芝加哥河就是贯穿芝加哥的一条运河，碧绿的河水，洁白的游轮，游轮上正在欣赏芝加哥美貌的游客，可能来自美国，也有很多来自世界各地。来到芝加哥，坐游轮花上两个小时的时间沿河欣赏两岸的建筑，是芝加哥旅游中必不可少的项目。毫不掩饰地说，我喜欢这座城市，也彻底被她的魅力所征服。悠久的工业城市的历史让它不似新兴城市那般浮躁，经济高速发展的同时还拥有着浪漫的艺术气息。存在于市中心高楼旁边的这件艺术品与城市的繁忙相互调和，形成了一种奇妙的默契。

一条河穿城而过，这座城市天然地带上了一种拥有自己特质的灵气。

伊利诺伊的乡村

　　似乎每个人心中都有个归隐田园、过平静安逸生活的梦想。而且现在看来这样的梦想不一定要以清贫为代价了，至少在美国的乡村看来是如此的。

　　伊利诺伊州地处美国中西部大平原。这里辽阔无垠，地势平坦，略有起伏。州际公路两边，放眼望去，是一望无际的玉米和一丛一丛的树林。树林中间或闪出白色的屋顶和圆柱状的谷仓，那便是农民的屋舍了。北美是玉米的原产地，这里的土地肥沃，玉米长势苗壮，栽种浓密，碧绿的叶片在阳光下闪着油亮亮的光泽，从眼前一直铺排到天际线。这样的规模和阵势，真令人目瞪口呆。

　　美国的州际公路，没有中国的高速公路气派，两边不设护栏，中间也不设隔离栏，而是一条十几米宽的草地，双向六车道，路的两边也是草地，几乎是土不见天。往来车辆不断，比中国的高速公路车流量要大不少。车行其上，视野开阔，风景如画。

　　我们在路边的一个休息站停车小歇，这里的休息站，也没有国内高速公路服务区那样豪华，但却显得整洁干净。屋里十几个资料架上，是一排排密密麻麻的彩印资料和杂志，介绍本州的旅游景点和著名公司等，全部免费提供。

　　伊利诺伊州州际公路要横跨密西西比河。密西

西比河发源于明尼苏达州，流经中部大平原，注入墨西哥湾，水系全长 6270 公里，是仅次于亚马逊河、尼罗河及我国长江的世界第四大河。

车行河上，我们放慢了车速，密西西比河在静静地流淌，两岸树林密布，河床没有我想象中的宽阔，但河水碧绿清澈，在阳光下波光闪耀。

从高速路到乡村路，汽车跑了一个多小时，一路游玩一路观光到达目的地。美国人的农场很大很大，既有一望无际的果园、庄稼地和南瓜园，还有制作果酱和果脯、点心等各种食品的作坊。每当万圣节快要到时，美国人总在家门口摆放几个很大很大的南瓜，有的把南瓜雕刻成各种各样艺术品，所以美国人的南瓜是看的不是吃的。农场的果树品种也很多，红苹果、青苹果和香梨种类齐全。

美国农民做生意讲良心和信誉，游人直接把车开进果园，摘完苹果把车停在农场门口自己进屋去交钱，农场提供的手提袋能装十几斤，一袋 7.5 美元，交几袋的钱自愿，没有人检查过问，全凭自己说了算，你就是摘满一车只交一袋的钱也无人核实。但是美国很少有人亵渎自己信誉的，有的只摘了半袋也交上整袋的钱。听说了也看到过很多亚洲人都是多摘少交钱，连日本和韩国人也这么做，多亏绝大多数的美国人讲信用，否则农场主就亏大了。

也许，美国雇工很贵，如果请人采摘高处的果子效率低费用更高，倒不如随便大家摘，钱给多少算多少，农场主可能早把账算好了，所以睁一只眼闭一只眼。

芝加哥美食节

　　一年一度的芝加哥美食节，举办地就在芝加哥市中心区密歇根湖畔的格兰特公园，这个公园东西跨越门罗街、杰克逊街和保波街三条街道，就在碧波万顷的密歇根湖畔。配合美食节的举行，这里举

办持续两天的乡村音乐节，来自本州和其他州的十多个乡村音乐队在公园里的几个露天舞台轮流演奏。

芝加哥美食节的组织者宣称在这里可以遍尝芝加哥美食，包括中国、印度、泰国、韩国、日本、马来西亚等亚洲国家的风味小吃。除了展销各种风味食品之外，美食节期间还在公园里和几个剧院组织了丰富多彩的文艺节目，有全国最大的乡村音乐会，有当地许多著名歌手和乐队的精彩演出，还有供孩子们游乐的九层楼高和巨型风画般的大转盘、画面具游戏和冲水运动等等。

日落时分，数以万计的食客，摩肩接踵，蜂拥而至。他们吃了这家吃那家，一面吃还一面闹，快乐无比。参加美食节的单位，必须是芝加哥有名有姓的酒家、宾馆，不是谁想摆个摊交点钱就可以搞定的。美食节上，打扫卫生的服务生很多，垃圾桶也不少，而这些垃圾桶都是带滚轮的，只要看见垃圾桶装满就马上推走，公园里随时都保持着干净。在芝加哥美食节练摊的都不能收现金，食客们必须向美食节的组织者买"代金券"消费。这是一个绝妙的主意，仔细想想谁都会明白，用"代金券"而不是现金消费，大家都会愿意买更多的东西。不过面对堆满格兰特公园的异域美食，谁还在乎钱包！女士们买了甜玉米，买香辣小龙虾，吃完又大嚼"芝加哥最著名的美食"——芝士蛋糕。她们如此坚定地吃个不停，反正周围的老美，无论男女老幼，哪个都一样胖。

看着狂吃的女同事和那些喜气洋洋的芝加哥百姓，我不禁暗想，来的时候，还听说因为"金融危机"，美国哀鸿遍野呢。看看这场美食嘉年华，哪有哀鸿遍野的半点迹象？

公园里已经挤满了人，每一个摊位边都停靠着一辆大卡车，卡车四边是各公司的宣传广告，有的大酒家叫喊着拼命在推销自己的产品。"百威啤酒"也来了，还很显眼，他们拉来了几匹大马在这里做广告。百威啤酒在全世界做的广告也就是这几匹马，记得国内很多城市广告牌里就有"百威"奔驰的马。

转了一大圈，除看见一家卖中国包子的外，再没有我们中国的其他食品。可美国的肯德基、麦当劳之类的东西却在中国遍地都是，还常常座无虚席。其实美国的食品很单调，除了汉堡就是油炸肯德鸡、薯条、薯片、烤牛排、猪排之类，只是汉堡包的内容不同而已。

在公园里,人们一边品尝着各种风味食品,一边欣赏着从不同方向传来的时而激情奔放、惊心动魄,时而又孤独忧伤、如泣如诉的演唱。我们挤进人群,听一个弹奏钢吉他的乡村歌手边弹边唱。他看来只有 30 岁内外,留着胡子,戴一顶墨西哥人的帽子,用一种较舒缓浑洪的音调,闭着眼睛在深情而有些悲愁地唱一个牧民的爱情故事。美国乡村音乐最初在中西部和南部的山区农村流行,后来逐步形式表演随意自由,富于变化,在街头路边、剧院广场、人多人少的地方都可即兴演唱。演唱的都是表现爱情、家庭、劳动生活而又富有乡村风味的歌曲,多半节奏明快热烈,音调沉洪悠扬。

参观了一些餐馆和摊点经营的风味后,我们感觉还是亚洲特别是中国餐馆的食品最有特点、丰富多样、美味可口。有一家餐馆由港台名厨亲自主理,挂出来的菜谱就很吸引人:有一家四川餐厅备有江浙川湘的风味食品,那菜谱的丰盛和花样之多,热炒有 30 多种,冷盘有 20 多种,粥粉面饭、炒饭、汤和铁板种类也都名目繁多。

比起中国饮食的博大精深来,美国的快餐文化就真的是相形见绌了。然而,芝加哥美食节的组织上,还是值得我们学习的。美食节主要在这个公园边的一条街道上进行,这样既不占交通要道,引起交通不畅,也吸引食客驻足流连美景,而待的时间愈长,则再次消费的可能性愈大。其次,哪怕是买一张票也可以刷卡,银行搬去了好几家,可以取钱、换现。可移动的洗手间在那里立了两整排。中国的城市尽管也有好多美食节做得不错,然而,却没有替食客在细节上考虑周全,所以总有让人遗憾的地方。

饮食是生存的基础,认同不了异国的饮食就难生存,所以要我长期在这异国他乡生活看来很难,只能当一个过客而已。

芝加哥艺术博物馆

　　每次踏上旅途，参观当地博物馆都不可避免地成为我的一个重要目标。博物馆里有所有人的梦想，并记录着他们关于梦想的一切……

　　沿着密歇根大道一路向南，便可走到芝加哥艺术博物馆，这是美国顶尖的艺术院校，由博物馆和学校两部分组成。学院和博物馆教学相辅，培养了

大批艺术人才,其博物馆是美国三大艺术博物馆之一。

博物馆以收藏大量印象派和美国艺术作品著称。对于刚去过大都会博物馆的人来说,再多的印象派也没什么惊奇。不过在美国艺术作品部分,倒确实值得玩味,其中收藏有大量带有"后现代"风格的作品,各种稀奇古怪的东西让你觉得现代艺术与古典艺术,到底发生了什么样的转变。因为在看过经典艺术家们似乎"中规中矩"的人物与景物,再看那些仅仅简单的线条,或杂乱的不知所云,让你感叹这也能成为艺术。

透过建筑的玻璃窗户,正好可以看到千禧年公园。千禧年公园本身也是充满后现代色彩的建筑,因此可以说两者正好相得益彰。高楼大厦之间,一方艺术净土。

在美国参观博物馆,一般都不会让人失望,如其中的一个退伍老兵博物馆,里面就展出了美国历经的各次战争,并收集了不少实物,如越战中缴获的来自中国的手枪。艺术博物馆里面还展出不少来自中国的瓷器,这些藏品很多为个人和组织为捐赠,有些甚至是把全部家当捐了出来。这种捐赠想来不失为既造福后代又留名的两全之策。

芝加哥艺术博物馆藏有近30万件价值连城的艺术珍品,其中有甚至在我国顶级博物馆也难得一见的唐三彩,也有起拍价动辄千百万美元的欧洲名画。

这等于根本不设防,未免太放任了吧?难道这里展出的只是些可以乱真的复制品?于是我找到一位馆员,想问个究竟。不料那位黑胖馆员坚定地告诉我:芝加哥艺术博物馆展出的全部是真品。

馆员不应该说谎,也没有理由、没有必要说谎。

博物馆还毫无遮拦地摆放着很多举世闻名的雕塑,比如二楼的楼梯口就有一尊罗丹在1881年创作的亚当青铜塑像。那古铜色的金属亚当站在那里,干干净净地,一尘不染。我不禁想,如果这家伙摆在中国,如无意外,他身上的某些部位一定被人摸得锃亮。

芝加哥艺术博物馆的东方展馆内,有日本的佛像。不知道东洋人是否会像我们某些人一样愤愤不平,为了西方博物馆有自己祖先的宝贝而怒发冲冠,生完气就去卡拉OK。

芝加哥是一个很有历史文化素养的城市,芝加哥艺术博物馆综合了各国,各个历史时期的文物、建筑、纺织、绘画等艺术珍藏。亚洲馆综合珍藏了

165

来自中国、韩国、日本、印尼、印度等国上万件具有考古学价值的艺术藏品。

卧室、厨房、书房、门廊、过道等处以场地实景的方式按一定比例缩小，清晰地将各个国家的建筑风格呈现于我们眼前。让我们得以在最短的时间纵横几百年地将各地建筑风格作了一个大概了解。

我特别喜欢其中一件类似中国腊染风格的兰白相间的，以阿拉伯文字为图案的，出品西亚穆斯林男士使用的一种头巾。而日本则以其木雕、屏风、各式绘画为特色，但我至今也不太明白为何日本 17～19 世纪的人物绘画均做出一幅仇苦或龇牙咧嘴之神态，它们是为了传达一种怎样的时代特点呢？

中国区内，展品从青铜到玉器到陶器到瓷器都有，商周青铜器部分有几个刻有文字的大鼎，在国内也应该算国宝一级文物了，汉代的几块大玉璧，尺寸是我在国内没有见过的，品相也相当完整。瓷器部分，宋代官窑瓷器中汝官哥没有见着，钧定两窑都有一些十分不错的收藏，民窑展品众多，磁州窑耀州窑定窑建窑以及景德镇的隐青釉均有相当数量，元代的有一个枢府瓷的刻花碗，一个青花大盘和一个青花玉壶春瓶，已属精品，此外，洪武釉里红，永宣青花，嘉万五彩均有不错的藏品，只是清代官窑瓷器一个也没见着，不知道是没有收藏还是没有拿出来，是不小遗憾。

此次的参观让我接受了一次艺术的洗礼与熏陶，步出展馆大厅，融进街道人群，思绪还忍不住徘徊于几幅画面场景，莫奈的几幅睡莲图是让我最为震撼的。

因为列强蹂躏过我们的先辈,践踏过我们的江山,故而我们总是禁不住怀疑,那些西方的大博物馆哪来那么多的宝贝?可以肯定它们之中的一部分来得绝非光彩。可是,它们一旦进入了博物馆,那就是另外一个故事了。因为,这些博物馆向全人类开放,同时也向全人类负责。

博物馆绝非一座保护天下奇珍的高科技仓库那么简单,它也是一把度量城市文明的标尺。博物馆是有灵魂的,它的建筑和馆藏,还有献身于它的馆员和敬畏它的观众,共同构成了它的灵魂。

中国城

　　每一个到异国他乡的中国旅人都会找机会到当地的"中国城（Chinatown）"走一走，看一看。"中国城"或许并不叫"中国城"，而是叫别的名字，如唐人街、中华街等。最初唐人街被称为华埠，即所谓华人在其他国家城市地区聚居的地区。华埠的形成，是因为早期华人移居海外，成为当地的少数族群，在

面对新环境需要同舟共济,便群居在一个地带,故此多数唐人街是华侨历史的一种见证。

无处不在的"中国城"

唐人街最早叫"大唐街"。1673 年,纳兰性德《渌水亭杂识》:"日本,唐时始有人往彼,而居留者谓之'大唐街',今且长十里矣。""唐时始有人往彼"是唐人街之所以被称为唐人街的一个原因,而最主要的原因为唐朝是中国历史上一个非常强盛的朝代,所以旧时代的侨胞都自称"唐人",侨胞聚集地便叫做"唐人街"了。而如今,中国日益兴盛强大,旧时唐人街一般被称为"中国城"。

"中国城"是一个几乎全部由华裔组成,集生产、商贸、娱乐、社交、宗教、教育、生活为一体,基本上由各种华裔组织控制的社区。对外它是统一的华人社会,而其内部则有明显的地域色彩。最初的"中国城"简陋得很,一个码头或一个车站,一个城镇,几家商摊,便构成一个"中国城"。清朝中国驻美国华盛顿公使张荫桓在其《三洲日记》中记载:"华人始居之地,初本海滩,支布棚以避风雨。商务渐拓,沿海砂砾逐年填筑,遂成冲衢。"传说美国加州三藩市的唐人街最初只是由几张帐篷支起来的屋舍,而加州奥克兰的唐人街最初只是在靠近"百老汇"和第十六街的广场的地方有几间用粗糙木板搭建的房屋,如同一个矿区简陋的营地。再如华侨抵达秘鲁的第一站介休港,当年这里并没有码头,由小船载客上岸。华侨们在介休港留下来以小本的茶水铺、米店起家,原始创业,才使得今日介休成为一个繁华的港口城市。

历经数代人的艰辛打拼,兼之中国的日渐强盛,现在的"中国城"早已告别曾经的不堪,许多城市的"中国城"都是当地最具人气的闹地。

无论是旧金山中国城、温哥华中国城、莫斯科中国城,还是曼彻斯特唐人街、横滨中华街,它们的面相与气质总是大抵相同的,即便眼前所见吃的喝的玩的乐的诸般事物不可避免地各自受了当地的熏染。

满大街的中国人定然是来自五湖四海,本来素不相识,目光相遇的瞬间已触摸到一丝别样的亲切。这样的亲切加上满大街的汉字招牌,温暖着每一个移民、留学生和短暂逗留的旅人,让你一时恍然梦中。

据说,近年来美国每一地的"中国城"都在以难挡之势疾速扩张。它们四面开花,见缝插针,以至于很多当地人都不知道身边到底有多少个"中国城"。无处不在的"中国城"以及无处不在的中国人,已经成了一种世界范畴内的文化现象和社会学课题。

这里比中国更"中国"

在美国期间,我停留时间较长、印象较深刻的是芝加哥中国城。

芝加哥的中国城是美国中部地区最大的中国城,坐落在芝加哥的南部,分为旧城和新

城两部分，一南一北，旧城在南，新城卧北。旧城有些破旧，新城格外嘈杂。

　　散布在世界各地的每一个"中国城"里，大概都有一座漂亮的中国牌楼，芝加哥的中国城也不例外。未入街口，便远远见到一座牌楼，雕梁画栋，色彩鲜艳，正面刻有孙中山手书"天下为公"，背面刻有古语"礼义廉耻"。店铺林立，游人熙攘。处处奉着神仙，供果、蜡烛、香火，一样不缺。擦肩而过的人们，吐着醉人的乡音，洋溢着亲切的笑容。从某种程度上说，这里比中国更"中国"。

　　"中国城"麻雀虽小，五脏俱全。标着各地招牌的商铺，专为华人服务的银行、医院，中国特色的药店、发廊等，应有尽有。也见到图书馆，里面中英文书籍琳琅满目，仅杂志便有 200 余种。

　　中国是一个餐饮文化大国，对吃极为讲究，无论在什么地方，餐饮业都是红红火火的。华侨们到了国外，自然也将饮食文化发扬光大，单说这里，就见老北京、老上海、老天津、老武汉、老成都……川菜、粤菜、闽菜、浙菜、苏菜……五花八门。一连吃了多天的西餐，到了中国城，自然要美美地吃上一顿中国饭。

　　我们在"七宝"餐厅用餐。店内食客不少，邻桌七八个华人围聚一张圆桌，每人面前一份面或炒饭，中间有叉烧、油条、蔬菜共用，全无国内所见的大吃大喝之状、大醉大呼之态。

171

用完餐,在马路对面的一家店里买了一张当天的中文报纸《世界日报》。还见一种中文报纸,叫做《星岛日报》。看到一家音像制品店,信步进去。店内有一里间,门上写有一行字:"成人带,18岁以下勿入。"那是专卖成人碟片的。随后又逛了一阵店铺。其中一些店铺已有百年历史了,店家祖上有的是一个世纪前来到美国修铁路的华工。当时美国的铁路从西部修到东部,绵延万里,工程之浩大不亚于秦长城。华工们带着淘金梦远离祖国,不想却累死饿死异域,其间悲凉不言而喻。

　　芝加哥的第一代中国移民是在19世纪70年代到达这里的,比加利福尼亚、俄勒冈和华盛顿州的中国移民要晚。1878年到达芝加哥的新宁人梅宗周被认为是芝加哥中国城的创始人。便是在这中国城,梅宗周谒见了革命先行者孙中山。孙中山在福州酒楼、中华会馆等处轮番演讲,劝捐革命。当时有一个十几岁的留学生起立发言说:"革命救国是人人应做的事,我是一个穷学生,身上只有美钞五元,我愿全数捐出来,以尽我的一份义务。"可以想见,芝加哥中国城也是为祖国的革命出了大力的。历史滚滚,转眼百年,遥想当年,犹感热忱。愿中国城越来越好,愿世界各地的中国人越来越好,愿中国人共同的祖国越来越好。

ORIGINAL IN LINCOLN MEMORIAL
WASHINGTON DC
DANIEL CHESTER FRENCH SCULPTOR

美国人的诚信

　　中国人做人做事，总是说要对得起天地良心，而不是说不违反法规制度。然而，在许多时候，人们又会问："良心值几个钱？"当一个人的良心被狗吃了的时候，那就真的是"人要不要脸，神仙也难管"了，似乎也就变得为所欲为、所向披靡了。

就像一部电影中的经典台词——"树没有皮，必死无疑；人不要脸，所向无敌。"所以，光靠良心是维系不了社会秩序的，必须有规矩、章法、制度、纪律，并且严格执行才有效果。

良心和诚信

在我们的社会里，规矩、章法、制度、纪律虽说还不尽完善，但也基本成型了，哪些该做、能做，哪些不该做、不能做，已经规定得够细、够全了，拿出来约束不诚信的人和事，基本上可以保证99%的成功率。但目前的问题在于，这些东西根本没有完全实施，违反这些条款的人和事并非全部受到必要的制裁。有规则不遵循不执行，或许还不如没有；而不刚性执行，也没有当回事。还是那句话，要敢下狠手，对那些心口不一、不讲诚信的人和事进行"无情的打击"，让他说一句假话、办一件不诚信的事都要付出终生代价，以高高的成本门槛，阻止一些人言而无信和行而无信的欲望。

在很多人看来，诚信似乎并不能上升到法律的高度，因而，不讲诚信在国内就成了一个普遍而严重的问题，表现在口头上，就是说假话。有人说，现在许多人说假话脸都不会发红，说真话时却像做贼似的面红耳赤、心跳加速。话虽不中听，但也非全无依据。想一想，现在敢在领导面前说真话的下属能占多大的比例？能在下属面前说真话的领导又有多少呢？同事、朋友、陌生人、熟人之间，又有多少人说的话是发自肺腑的？人们之所以不能诚实，或是因为心里的东西拿不到桌面上，说出来连自己都觉得不好意思，怕天打雷劈；又或是因为怕人家听了不高兴，弄不好换来几双"小鞋"，走夜路遭来板砖闷棍。

要想让人都说真话，不创造一种适宜的氛围显然是不行的。在这个氛围里，不仅说真话的光荣，说假话的可耻，而且要让说真话的沾大光，说假话的吃大亏。久而久之，人才会从不敢讲假话，到不想讲假话，再到不会讲假话。只有讲真话成为习惯，才能让人与人之间在语言上建立诚信。由言论再到行为，也就一步之遥了。

记得足坛的打假事件，可谓轰动一时，且好久余波未平。足协主席、副主席、教练、球员抓了一大把。这之前有假球，一直遮遮掩掩，而一旦遮不住的时候，没办法，只能一锅端了。假球问题很多年前就存在，但就是那些人人都能看出来的假球，却一直安然无事。如果当初就下狠手，哪怕只是杀了几只"鸡"给"猴"看，对净化球场空气也是大有益处的。实在捂不住了，一掀开已经流血化脓，收拾起来虽然有球迷拍手称快，但恐怕更多的是麻木不仁了。

法制和诚信

当我们在用良心潜规则约束诚信时，美国人却是在用法制来约束。当我们的诚信印在纸上时，甚至形同虚设时，美国人却早已把它们铭刻在了心底。

在美国，租车行为什么敢把汽车租给任何一个有合法证件的人？银行为什么敢把钱借给任何一个有合法身份的大学生？公路为什么敢设无人值守的自动投币收费站？街头为什么敢放无人值守的自动报纸销售点？答案只有一个——以人们的诚信为基础，有惩治不诚信的措施作保证。

在美国，大多数人都很讲信用。他们为何都那么讲信用？是他们品德高尚？是天生就有诚信的基因？是头脑愚笨，不知道偷奸耍滑？显然不是，人的基因中有一种天然的利己性，如有不得白不得的利益摆在那里，有不拿白不拿的好处放在那里，有不占白不占的便宜等在那里，很少有人会视而不见，见而不取的。美国人诚信，不是他们不想、不会、不能，而是不敢。因为他们的信用制度相当完善，很在意自己信用，失信者很难逃过人和机器的眼睛，社会对失信行为也是绝对零容忍和零宽容的。

在他们那里，一个开过空头支票、假支票或盗用过他人支票的人，就是一个在金融流通中失掉信用的人。在他们心里，宁愿失去所有的财产，也不愿失去信用。因为失去财产，完全有可能挣回来，而失去信用，所有的金融流通机构（包括律师事务所）都要关上大门。无权存款，无权办理房贷、贷款买车……总之，失去信用就相当于失去灵魂，失去了翻身的基础，更失去了未来。

一个人一旦被发现有造假、贩假行为，将立即遭受高额罚款，甚至被判定终生不得从事商品生产、流通活动；一个人一旦被发现违章驾驶，保险公司会立即提高其用车、租车的保险金……失信的代价太大了，得了不是白得，拿了不是白拿，占了不是白占，再见到不当得的利时，就不敢去拿，久而久之，便不会去想着拿了，诚信的习惯也就慢慢养成了。所以，美国人的诚信不是天生骨子里带的，不是天上掉下来的，而是严格的法律法规逼出来的，严细的制度压出来的，严厉的制裁迫出来的。

诚信呼唤重典

再看我们，几乎生活在一个假的世界里。假药不是治病而是致命，假食品祸国殃民。买东西的怕买到假货，卖东西的怕收到假钱；卖家怕价钱叫低了，买家怕价钱还高了；丈夫怕妻子红杏出墙，妻子怕丈夫拈花惹草……之

所以出现这种情况，是因为卖东西的都敢卖假货，买东西的都敢给假钱；卖家敢把价钱拼命抬，买家敢"快刀"死里砍；妻子敢红杏出墙，丈夫敢拈花惹草……为什么都敢呢？因为监督不严，打击不力，制裁不狠，惩治不毒，失信的人利润高而成本低，守信的人损失多而报偿少。权衡得失，失信强似守信，自然谁也不傻乎乎地坚守诚信了。

乱世用重典——虽然当前我们身处"盛世"，但就诚信而言，说是"乱世"也不为过——如不舍得下狠手，使狠劲，任凭诚信一直缺失下去，不仅影响到国家、民族的国际形象，对市场经济制度的建立和完善，对现代社会秩序的建立和完善，其有形的和无形的制约作用都是相当大的，而且会随着经济发展、社会进步的要求提高而越来越成为"桎梏"。

这并非危言耸听！

美国文化

　　倘若一个国家仅仅拥有发达的经济和丰富的物资,它对世界的吸引力是极其有限的。在这个国家周游一圈,看到的只有飞机、汽车、高楼大厦和眼花缭乱的商品,也不过给人留下一种经济动物的印象。美国人却有一个长处,在赚了钱后,懂得如何去建设这个缺乏悠久历史的国家。

　　在很多人看来,美国的中产阶级并不追求文化

设施的高质量,只求人有我有,聊以充数。其实,如果抛弃欧洲贵族的高傲眼光,从大众化、普及化的视角去看,美国的文化成就是难抹煞的。甚至可以说,只有手握雄厚的财力才能用高速度去缔造如此壮观的现代文化。

中国人曾一度对美国文化有过偏向和误解,认为美国的历史短暂,难有什么深厚的文化积蓄,除了卓别林表演的榨取工人血汗的传送带和制造原子弹的"魔法"之外,就只剩下一尊流着眼泪的自由女神了;另一种印象就是,中国人往往会想到美国的夜总会、脱衣舞、摇滚乐和性电影。这些当然不假,但如果以为美国就只有这单一品种的精神世界,也未免无知了。

我们经常说某人或某个地方"洋气"的褒贬含义,似乎难以找到客观的标准。但"洋气"其实就是社会进化到使人更聪明、更舒适的代用词。美国给我的第一印象就:非常洋气。

美国目之所及一片葱绿,土不见天,街道两旁每隔二三十米便设有废物箱,晚间清洗闹市区的方式也比较特殊,水车用高压喷射水花把路面上的污屑向边上推,分段行进,因而路面光亮无尘。即使在郊外或从乡间穿过的高速公路两旁,也植有大片的草木绿化带以作隔离。我在好几次刮风天有意观察,尚未见到烟尘蔽日、碎物满天的景象。中国当然也有这样干净的的去处,比如北京的首都机场路区就很漂亮,可惜只是局部而不及美国全面铺开。

文明整洁的教化,恐怕要说到法治和习惯上来。在美国,随便乱抛废物会受到惩罚,衣服肮脏或身带异味到公众场所去会被人耻笑,人们总是从小就自觉保持环境的清洁。在美国的大街上,基本上看不到烟头和纸屑。

走下飞机首先映入眼帘的异国风光,自然是那些轮廓分明的城市楼群,富有西方风情的街道,体现古典力学美的高架悬索桥,在绿茵上小憩的人群,争奇斗艳的时髦衣装以及鱼贯而行的小汽车……

不仅如此,美国在自己的软实力上也还是下了一番功夫的。美国的博物馆和图书馆以及纪念性文物之多,令人惊讶。而且这等场所都是免费参观,印有数种译文的精美说明书可随意自取。参观者人流分散,各取兴趣所需,毫不见拥挤阻塞,从容不迫。在对待文化遗产的问题上,美国人深有自知之明,祖宗都是外来客,地下更没有什么古董可出土,因而除了大力从外间搜罗之外,还着意保护一切稍有价值的本土文物,借以发扬光荣传统,启迪国民,缅怀先人之德。在费城就精心保存着独立战争举义初期的全套史迹,像当年起草独立宣言的会议场所、练兵操场、用以集合民众的自由钟和射击的

铁炮之类,就连木匠工具和富兰克林发明的印刷机、华盛顿的椅子,都当作无价之宝。

美国对泛文化教育尤其重视,在各级学校中,提倡吃苦自立,一专多能,发展个人兴趣;鼓励接触社会,出户漫游以扩大视野。在洛杉矶加大分校的布告牌上,我即见到有关柔道活动的通知和竞选"学生政府"的施政宣言。这所大学还专设一处雕塑园,请各个时期、各种流派的名家一一为之留下作品,洋洋洒洒,气势可观。

美国的各处校园、公园和绿化地上,都有松鼠、野鸟和成群的鸽子悠然游哉,孩子们绝不虐待它们,纷纷慈爱相邀,投以食物。在洛杉矶的海滩上,我曾招手呼唤几只黑色的大鸟,本以为会把它们吓跑,未料马上落在我的肩膀上,依偎之状可掬。

位于加州内华达山麓的国家公园,是一片原始生态保护地。200 年前一位学者初次发现这个景色美丽、瀑布成群的印第安人居住区后,上书并亲访总统,要求以明令禁止破坏。后来,土著居民迁出,经过艰辛的维护和建设,始终保持着天然的面貌。如今,在公园内还立有纪念这位学者的碑石。

纽约的曼哈顿区,是世界上摩天楼最密集的地方,那些摩天楼的造型,自然不乏从欧洲文化遗产中吸取灵感的印迹,但其中的大多数,依我看来都体现着美国人的烂漫劲儿。联合国建筑群的街对面,有一座玻璃幕墙的大楼,这楼从后侧面望去,最高处的十来层似乎缩成了一个玻璃薄片儿,给我的印象,恰似金发碧眼的美国娃娃,在对我戏谑地眨眼。

我在想美国花这么多钱,要建这么高的雄伟大厦,何不从外观上多多体现出民族的传统与风格,给民众以教化呢,怎可像儿童搭积木似的,一方方摞上去便拍手了事!后来知道那些建筑的设计师是欧亚血统。但除了印第安人,哪个美国人又不是"外国血统"呢!大建筑艺术家贝聿铭因为是中国血统,所以常被我们引为光荣,其实他是地地道道的美国人。在华盛顿,贝聿铭设计了东区博物馆分馆。华盛顿的旧建筑大都是模仿乃至抄袭欧洲古文化的产物,偏那贝聿铭设计的博物馆既绝非欧洲或其他什么现成文化的风格,却又与周围的已定型景观相协调,充分体现着美国人的童稚气和想象力。

坦率地说,美国的社会景观,也有其单调的一面。许多中小城市面貌雷同:市中心总是一些高层建筑,或者带有点 50 年代欧洲风味的楼群,六七十年代盛行的玻璃幕墙,新近几种风格杂揉在一起的"后现代派";而这些建筑

中又大都少不了一座或数座尖顶教堂。各处的购货中心看不去都差不多,"麦当劳"快餐店故意把每一个销售点都尽量弄得仿佛是从一个模子里倒出来的甜点心。

美国人很知道自己历史短文化浅,但发达的工业给他们带来了产品及生活方式的规模化、单调化,所以他们拼命找乐子,让自己活得舒畅洒脱。西欧和美国,两相对比,才知道各有各的文化。对比于西欧,美国人的生活方式透着随便,没有沉重的历史遗产包袱,因此也就没有那么多讲究和忌讳。

美国人喜欢广设园馆,好游嗜景,我作为一个外国人在这片国土上走马观花,按理说是不易动感情的,然而有好几次却在不知不觉之中流下了眼泪。在好莱坞,那些稀奇古怪的鬼屋、加勒比海盗城、密西西比河古景等等,诚然是花样翻新,惊险紧张,但也只是让我开眼而已,用不着去动脑子。待到置身于全景电影厅时,环绕360度的银幕映出了美国最值得夸耀的画面:独立战争的英雄与沙场,历尽艰险的西部开拓,工农业的高速发展,现代化的城市,名山大川与旅游胜地等等,而后自由女神矗立,星条旗飘扬,国歌高奏。

也许是由于拍摄效果的高度逼真,立体声的配乐极富鼓动性吧,灯光复亮,观众们情绪都已起了急剧变化。假如我是美国人,也将为这个伟大的国家感到无比自豪!不,外国人也会为人类能创造出这样的奇迹而自豪!

呼吸一口自由

到美国之后,我才发现自己需要时时注意一个问题:调整时差。你沿东西方向旅行,必须时刻注意调拨自己的手表。这里各个地区的钟表自行其是,并不遵循华盛顿时间。不像国内,有一个北京时间。如果一定要找一个时间标准,那就是以时区为标准。

没有时间标准, 只是我在美国的一个小小插曲。让人迷惑的是,这里各个州的法律也不尽相同。

你在马里兰州的餐馆里可以吞云吐雾,在纽约市的公共场所抽烟就可能被警察罚款。你在 49 个州内看不到公开的娼妓,在某一个州就能看到咸肉生意的招牌招摇无忌。这里也没有那种遍及东西南北中的住房规范化,沿着大街看去,高楼广厦和小宅偏舍都各具姿态,绝少雷同,有时两幢建筑乍看一样,细看又可以从一檐一柱卜辨出差异。在这样的街区里穿行,一孔车窗扫描着无穷无尽的个性展露。如果这时有个人在身旁告诉你,在美国找不到统一的工资系列,统一的艺术方针,统一的生活方式,统一的新闻口径,统一的政府机构模式,乃至统一的英语普通话标准,你也许就会觉得没什么不自然,没什么不可理解。

当然,这里还是有不少公论和通则,而且并不是摆设,是人们时时处处都在遵循。比方说交通红绿灯,也是红灯停,绿灯行。街头人车相持之际,一定是车让人,而不是人让车,像在国内那样。比方说,进馆子和拉选票要掏钱。这里,没有哪个时区,哪个州的法律,哪一种建筑,可以单独地代表美国,这是美国的一大特征。

19 世纪以来,络绎不绝的移民继续漂洋过海,涌入这片新大陆。各种文化随着吱吱呀呀的车辙碾过阿巴拉契亚山脉,植入密西西比河流域和大平原区,或者越过落基山脉,直抵太平洋沿岸。它们共同组成了美国故事,构筑了多元化的美国文明。

于是,美国的很多城市就建起了唐人街,还有日本街,意大利街,墨西哥

街。操西班牙语的黑发果农,操挪威语的黄发麦农,专门种植蔬菜的意大利大汉,祖籍在波兰的采煤青年,纽约市哈莱姆区晒太阳的黑人老太,还有中国农历年时在金龙下欢跳的男女店主——这都是美国独特的风景,新大陆上的旧面貌,老传统,但却是那么和谐,自由而惬意。

在纽约市自由女神足下的地下室里,有一个很大的陈列馆,一个查阅家谱的电脑中心。如果你是美国公民,按照父母姓名的字母顺序,便可能从电脑里找出他们的生平、家世及照片,甚至可能找到他们各自的上一代,上两代……那些与你血缘相连的陌生面孔和陌生名字。我也排上队,上机胡乱玩了一会儿。我不认识那些彼岸的先民,只是从荧屏上一幅幅模糊的黑白照片上,几乎看到了世界各个民族的服饰、肤色、容貌和文字。

我突然明白了:世界上没有纯粹的美国人,而美国只有复杂的世界人。

那么,一个国家的政体,常常就是契合其文化背景的自然选择或最优选择吗?

美国也有过战争,像南北之战;也有过政治运动,像反动的麦卡锡主义浪潮。但这个国家终究不曾出现单一性质的大一统文化,如中国汉朝以后的"独尊儒术"。各种文化谁也吃不下谁。战争和政治运动的强力最终还是被多元化所稀释,所化解,成为一个可以讨论的话题,一段可以好恶褒贬的往事,很难至高无上地君临一切。因此,一位美国人在回答中美最大差别这个问题时,沉吟了一下,对我说:"在你们中国,真理只有一个。在我们美国,真理却有很多个。"

我们可以不同意这种概括,可以与他争论。争论在他们那里是家常便饭。美国人似乎并不把争论、攻击以及帽子棍子之类的看得很可怕。他们挑剔调侃之时,心里可能是赞同你的;他们频频点头默默记录之时,心里却可能是反对你的。同他们谈话,心里得多一根弦。而有时候在国内开某些研讨会之时,你往往不知该绷哪一根弦,或者说不用绷弦,只要坚持自己的判断即可。因为,对方往往不会与你针锋相对,正面交锋,而是转弯抹角,绕来绕去。你往往根本不知道对方弹的什么音,唱的什么调。

每每遇到这等情形,我们就觉得有点乱,也有点麻木,习以为常。像先前调调时间表,每个州的法律不一样,反而成了小事情,尽管这看上去好像有点麻烦,好像还有点乱,但都摆在明处,好对付。而不好对付,伤神费脑的,反而是我们自己。

"活得太累",似乎成了我们当下的又一个口头禅,这或许也是我们的幸福指数为什么会那么低的缘故。

没有围墙的国度

　　钱钟书先生在《围城》里面最经典的一句话是：城里的人想出来，而城外的人却想进去。他说的是婚姻，说到骨子里去了。其实，仔细想想，这话具有更大的普遍性。因为人都有一种好奇心理。就像我，路过高墙大院、戒备森严的地方，就不免会猜测一番；而面对如画风景，却又想寻幽探秘，心向往之；身处异国他乡，即便信步而行，也免不了顾盼流连，找寻一些与国内的不同之处。

于是,我发现美国与我们大相径庭的地方还真多。这里似乎到处都四通八达:公园没有门,露天剧场没有门,大学没有门……既然没有门,自然也就没有围墙。我想,这应该是反映出不同的文化心理:中国人总想把好东西藏起来,叫做不露白;不好的东西更要藏起来,叫做家丑不可外扬。而美国人总把好的、不好的通通都摆到外面,任人评判。不过,那里也有例外的地方。所有的博物馆都有门,科技中心、太空馆、天文馆、美术馆……不光有门,而且各有特点,设计独具匠心。

有人说美国人没有文化。没有文化的原因是没有悠久的历史,没有悠久的历史是因为这是一块被发现和开拓不久的新大陆。然而现实却是,正是这个没有"文化"的国家,却成了世界强国。

这片新大陆的居民,从遥远的欧洲、亚洲或非洲而来,带来了蒸汽机和电灯、豆腐和茶叶,以及爵士乐和黑人舞蹈。这个世界性的移民国家,甩开了一切重负,轻轻松松、无牵无挂地享用这块土地的赐予,创造了历史,更创造了属于自己的文化。

于是,在北美洲的城市里,可以见到荷兰西班牙意大利朝鲜印度任何一种风格的建筑。唐人街、日本城几乎遍布全美的每一地。

于是,在北美洲的公路上,可以见到德国奔驰日本丰田法国雪铁龙等任何一个发达国家的汽车。

于是,在北美洲的大街上,可以见到穿着印度莎丽日本和服中国旗袍还有西方最现代的朋克装束。

于是,在北美洲,可以吃到法国大餐意大利通心粉中国水饺还有新加坡饭越南饭日本饭墨西哥饭……

他们好像是来者不拒。

他们总是多多益善。

他们从不害怕这蜂涌而入或信手而来的文化会吞没了什么淹没了什么。

这样的国度,到现在就成了一个什锦火锅。不断有新的东西被扔进去,又不断被捞出来消费掉。在这里面,鸡腿鸭肫海鲜豆腐白菜……什么样的东西都可以找到,却什么东西都已失掉了原先的纯味儿,什么东西都互相串了味儿。或许,吃惯"正宗"味道的人并不喜欢,但是,如果偏偏有人喜欢这种火锅,它为什么就不是一种个性、一种特色呢? 何况还有经过博采众长、兼收并

187

蓄后提炼的美味汤呢？

文化是什么？是观念形态？是物质财富与精神财富的总和？还是仅仅是一种抽象的传统或是一种历史意识？或许，它更多的是一种生活方式吧。

在多伦多约克大学附近，有一个维多利亚女王时代的"古老"小村庄，现在已成为旅游地。村里的泥土路、磨坊、牛圈、铁匠铺、风车和面包房，都保存着18世纪英国农村的风貌。参观者甚至还坐在狭长的百叶窗下绣着花边，面包房炉火熊熊，望得见炉膛里烧红了的大石头。这就是北美洲移民历史的见证。历史上，本来是没有美国的，然而，仅仅几百年时间，它却像一个三级跳运动员，一口气跨越了好几个世纪，从一个延续了几千年的古老村庄，一步迈进了曼哈顿。

于是，历史上漫长艰苦的岁月，就这样被充满冒险精神的新大陆人一把击碎，揉搓挤压成团，变成了富有弹性的时间的压缩饼干。他们将其贪婪地吞咽下去，再创造出无穷的精力、智慧和无尽的财富。也许，他们还创造了关于文化的另一种概念：什么都可以创造。

它随意走出去，人们随意走进来——不知这种没有围墙的文化，是否恰恰就是一种更先进的文化，是一种文化媒介，或者是一个未来文化形态的胚胎？

在林肯的墓前

这天，我们到斯普林菲尔德谒林肯墓。

是在城郊的橡树岭，四围空旷，有大片的青草和高大的树。1865年暮春，林肯被刺杀后安葬在此处。花岗岩下面的墓穴四壁刻有包括著名的葛底斯堡演说在内的林肯书简和文告，正中是林肯的棺椁，上书：如今他属于上苍。

来此凭吊的人多半会伸出手去摸林肯铜像的鼻子。有带着孩子的，把孩子举起来，孩子便高高兴兴地去摸。铜像外面原本是镀了一层黑颜色的，鼻子被摸多了，露出里面的黄铜，锃亮锃亮。几位同行都摸着林肯的鼻子照了相。他们叫我也照了一张。为什么要去摸林肯的大鼻子？人们说会有好运气。传说上世纪70年代，当地官员为严肃起见将铜像提高了一点儿，让大家再也不能随便瞎摸林肯总统的鼻子。哪知有人很不高兴，上书质问为什么不让摸。那些官员翻开法律条款查看一番，找不到不让摸的规定，只好复原铜像位置。

一位美国教授说他到过南京，看过中山陵，说林肯墓和中山陵不能相比——中山陵有气魄。我说："不同的风格。"林肯墓是"墓"，中山陵是"陵"呀。我觉得林肯墓是好看的，干干净净，安安静静。我们到墓里看了一圈。这里还葬着林肯的四位亲人，夫人玛丽以及他们夭折的三个儿子。他们唯一长大成人的长子罗伯特，另葬于阿灵顿国家公墓。

　　林肯夫人玛丽来自肯塔基的一个显赫家族，独立革命以来这个家族就以盛出将军和州长闻名。她怀揣着要找到一个能够被造就成总统的男人，然后嫁给他的梦想，慧眼独具，看上了身世不明、文化不高且相貌不美的林肯。她很有把握地告诉朋友们："总有一天林肯先生要成为美国总统。"林肯一辈子都没有爱过玛丽，他一直走不出初恋情人安·拉特利奇的早逝伤感。林肯与玛丽的婚姻并不愉快，但如果没有玛丽，林肯可能当不了总统。林肯的三个儿子各有一个铜像，他们极像林肯。纪念林肯，同时纪念他的亲人，这是一种美国式的思想。

　　我久久站立在林肯的墓前。

　　10多年前，美国公共电视台 C-SPAN 评选美国历史上最伟大的总统。来自全国的 58 位历史学家，选择了林肯。这位通过解放黑奴而赢得了南北战争的胜利，维护了联邦统一的总统，成为超越富兰克林·罗斯福、华盛顿、西奥多·罗斯福、杜鲁门、威尔逊、杰斐逊、肯尼迪、艾森豪威尔、约翰逊等璀璨星宿

林肯故居

斯普林菲尔德林肯墓

的最有影响力人物。而此时我想到的不是那些光环。

林肯出身卑微,父亲没有文化,母亲教他读书识字。他九岁那年母亲就去世了,后来父亲再婚,赶儿子出门。林肯浪迹印第安纳与伊利诺伊的森林地区以及俄亥俄河与密西西比河流域,学会了各种各样的手艺:划船、屠宰、酿酒、蒸馏、耕作、筏运⋯⋯在拓荒生涯中成长起来的林肯,永远都是一身乡土气。高瘦而佝偻,皮肤粗糙,头发不整,戴着破旧的高顶礼帽,穿着不合身的衣裤和不擦拭的皮鞋。报纸轻蔑地说他是"一个微不足道的家伙""一个丑八怪",连他的父亲都这样说自己的儿子:"他看上去就像是一块用斧头胡乱砍下的粗糙木头,需要用大刨把他刨平。"但就是这样一块微不足道的丑陋的木头,成为美国人的骄傲。

1861年2月11日,林肯乘坐火车离开斯普林菲尔德赴总统任。此时,南方已有七个州脱离联邦,另外四个州以及地处南北边境的三个州的分离情绪正在高涨。两个月后,南北战争爆发。战事越来越不利于北方,林肯在1863年1月1日正式发布《解放奴隶宣言》。获得解放的400万黑人,纷纷投入到对南方叛乱分子的斗争中。以后的事情,耳熟能详。美利坚合众国保持了完整和尊严。

他的一生代表了这样的原则:公正、自由、博爱、统一和仁慈。

只登一个台阶

　　那是在我们参观美储联芝加哥分行之后的下午，我和一位叫做路易斯的美国同行相邻而坐，开始了一次生平最意外的闲聊。

　　我们闲聊的话题很宽泛，从中国的长城到巴黎的埃菲尔铁塔，从日本的清酒到葡萄牙波尔多红酒，从张艺谋到斯皮尔伯格……我无意于展示自己"行万里路，读万卷书"的所谓广博，只是泛泛而谈。每当遇到自己没听过的地方和事情时，路易斯总是肩膀一耸，两手一摊，嘴里蹦出一个"no"。对于中

国,路易斯只说了三个词:长城——这地方他去过,上海——这地方也去过,功夫——看过成龙的电影。他对中国的理解似乎仅限于此。而一旦说起美国,说到他的金融专业,则是如数家珍,唾沫四溅。

我诧异地看着路易斯,就像地球人看着一个外星人。我不禁心里在纳闷:你咋这么不了解地球呢,地球上可不止就一个美国吧? 我们俗话说三百六十行,金融只是其中的一个行业。路易斯似乎除了对美国,对自己的专业精通外,别的都不入他的"法眼"。

我一向不习惯在闲暇时也把自己的工作挂在嘴边,试图和他找到共同的话题,但我失败了。我甚至有一种哭笑不得的感觉,这个路易斯,放在国内,好歹也算是一个央行大区分行副行长之类的人物,就金融专业水平而言,说他是银行家金融家也不为过,可知识面怎么还这么窄呢?而且,他对自己不知道的事情,竟然也毫不遮掩,不知道就直接说不知道,没有一点不好意思的意思,一副任你说得天花乱坠,我自稳坐钓鱼台的模样。

从我到美利坚第一天起,或者说从接触到第一个美国人开始,就有这样一种感觉:自大,知识面狭窄。套用一句俗语,和他们交谈,我似乎"一种天生的优越感油然而生"。不过这也难怪,他们的确富有,完全可以自给自足,而且有着极强的个人主义意识。

和路易斯一席谈之后的很长一段时间，我一直在反思专与博问题，究竟孰好孰差。我发现，一旦这个问题放到时间的长河里，结论是不言而喻的。在封建社会，我们无论在经济、军事、科技和文化方面，可以说都远远领先与西方。而自从西方国家进入资本主义社会之后，这种差距不但缩小，而且反过来越拉越大，如今，人家成了发达国家，而我们还是发展中国家。

我想，也许人家才是"两耳不闻窗外事，一心只读专业书"。他们可能比其他任何国度的人更专注于自己的事业，对别的领域提不起兴趣，更不愿浪费时间。这显然与东西方文化传统有关。美国人——或者说西方人对科学和学科总是采取"剖析"的方式，弄清楚一点，便推进一步。学者们各守一个"摊子"，就好比小贩，卖烟的不知道咸鱼的价钱，卖大白菜的不知道葱的价格。

在做学问方面，西方学者喜欢在前人到达的最后一个台阶上迈步，喜欢站在巨人的肩膀上前进，而且是只会站在一群与自己研究领域相关的巨人的肩膀上，至于其他的巨人，他们没兴趣关注。于是，他们一旦迈上去，就能在这个领域提高一级，推进一步。而我们的一些学者，喜欢同时踏上多个台阶，还没到顶，就换一个，而更多的是跨一两步就退回来，以跨的台阶种类多为荣，结果自然是一个也登不了顶，是个半吊子的"通才"。通才的结局往往是半通不通，看似四处出击，结果留不下一个属于自己的脚印，更遑论给某个领域增加一级台阶。而专才心无旁骛，最终总能添砖加瓦。

我们的传统观念讲究的是"天人合一"，包罗万象。你问东方学者一个问题时，他即使不知道，也不会轻易摇头，好像一摇头，就把自己的学问光环给摇掉了。而问西方学者一个问题时，他则是一副"不知道，就是不知道"，而且理所当然的模样。东方人尚博，西方人尚精，古西方学者们的知识多为点的连接，而东方多为面的重叠……

这样一想，我也就有些明白了，但还是有些难以释怀。当我们在无数次抱怨、期盼却又无法获得诸如诺贝尔奖的时候，在感叹人家的商品工艺精湛、质量上乘的时候，在模仿人家的意识流后现代的时候……我们的教育、文化显然也应该反思，并且做出改变了。这才是缩小差距的希望所在。

尾声：不陌生的美利坚

　　人们置身异国他乡时，难免有一种陌生的感觉。但这种感觉，在美国没有。这多少有些出人意料。

　　国门开放后，我们已接受了众多美国形象文化的影响：精致的别墅式住宅、川流不息的小轿车、整洁干净的街道、随处可见的绿地……不过，这些并不使人感到惊奇。因为在没去之前，我就熟悉了这一切，而置身其间，也很快就习以为常了。不仅如此，我还喜欢随时将这一切和国内做比较。哈德逊河边的高楼林立，

使我想起上海的黄浦江畔；华盛顿的林肯纪念堂，使我想到天安门毛泽东纪念堂；尼亚加拉大瀑布，又使我联想到黄果树瀑布……世界是如此不同，却又如此相似。似乎我在这儿的一切所见所闻，都和我一直生活的地方有着某种一一对应的关系，相似之处让人感到温馨而亲切；而不同之处呢，它又像清晨树林中看到的闪闪露珠一样，一旦离开，就很快从我的生活中湮灭。

在美国期间，它的一切似乎都向我们敞开着。该看的与来得及看的都看了，该听到的也都听到了。我不由得问自己，这里最难忘的是什么？能反复体味与一下子就"蹦"出来的直觉又是什么？我发现，我收获的其实是一种心情。这种心情已在记忆深处由来已久，仿佛早就播下的一粒种子。在踏上这片土地的那一刻，如同忽然接触到阳光和雨露，伴着我的足迹，我的所见所闻开始生根发芽，开花结果。我身在其中，天然地与之契合，又经常回味这种"熟悉"的味道。

这里的一切都井然有序。在所有的公共场所，人多的时候，大家都会排队等候。我们经常为一个旅游节目排上半小时、甚至四十分钟的长队，但没有人拥挤、夹塞。在停车场，每逢人车相遇，司机总是挥手让行人先走，没有吆喝、也没有争执。十字路口，也看不到有人寻暇蹈隙，穿越红绿灯。礼仪交流更是用不着强行灌输和专门培养。"谢谢""对不起""我能帮你做些什么""没关系"……已经成为最日常、最普通的生活用语，形成一种自然而然的文明习惯。置身于这样的国度，谁又能说美国人没有人情味呢？

记得以前在国内，每当看到一个金发碧眼的外国人出现在街上时，总会引起人们好奇的目光。而在这里，我经常能感觉到的是，各种肤色、各种语言的人汇聚在一起，没有惊奇、隔阂，有的是一份自然、平常。一位在伊利诺伊大学的同乡对我说，他在那儿的感觉和在国内上大学时差不多，学校有不少亚裔学生，除了语言的障碍外，没有其他的隔膜，大家都习以为常了。

当我坐在好莱坞城边一家餐馆的餐桌旁，吃着最简单的午餐——可乐和热狗，看着路对面正在进行的街头演出时，我的心境一片宁静，而那种熟悉的感觉更加强烈了。

那一刻，我并不觉得自己置身于一个陌生的国度，仿佛是在某个我熟悉

的地方,周围播放着相似的音乐,外面的街道、人流、车辆、建筑的样式,以及室内的装修、布局、摆设、甚至食物,他们都在同一片天空之下,呼吸着同样的空气,来自同一片土地。还有周围的那些面孔,面孔下的表情,表情背后的心情,都和我相容相通。那些面孔,陌生而又熟悉,我曾经见过的,未曾见过的,都没什么区别。

那一刻,不仅是那一刻,自从来到这里,我仿佛一直就是他们当中的一员,曾经是,现在是,以后也还是。我的身份并没有改变,就像是一滴水融入一条河,一棵树融入一片森林,一条鱼融入一片水域,国别、肤色、人种、观念、意识形态、文化差异……一切大而化之的东西都消失了,我身处其中,只是从一个地方来到另一个地方,而这个地方也只是换了一个名字,他们只是从赵钱孙李变成汤姆约翰松下井上而已。然而,似乎又有另一个我在提醒自己,我又是游离其外的。我既是一个参与者,又仿佛是一个旁观者。我既从未如此清晰地看见、听见和感触到眼前和周围的这一切,他们是如此的熟悉,古老而陈旧;又似乎一切都是新鲜的,活生生的。时空似乎在这一刻错乱了,让我分不清是身在其中还是置身其外。

最终唤醒我的,还是周围庞杂的语言,还是在走出去的那一刻,密密麻麻涌入眼帘的英文字母和单词,还有日文、中文、俄文……它们在提示我,这是一个真正多元化的国度。它们是那样的丰富,那样的融洽,我可以融入其中,它会包容我,接纳我,而我也能很快地适应它。

这个国家具有一种热情、随和、大度而又包容的性格,它处处让我感到轻松而自由,入目皆不为奇、入心皆不为怪、入情皆不为异。为美,为趣,为真。在这里,你没有陌生之感。

197

附

美国政治制度

一

美国自建国以来，一直实行三级政府架构——联邦政府、州政府、地方政府，且各层次间有相当大的独立性。

联邦政府即中央政府，但与我们国家的中央政府相比，权力是"大大的不行"。其权力主要有四项：一是国防权，总统是三军总司令，拥有调动全国军队的权力，国会拥有对外宣战的权力；二是外交权，负责处理全国对外事务；三是财政权，负责制定财政税收政策，发行美钞，确定银行利率和准备金率标准；四是移民权，全美的移民都必须得到中央政府的同意，通过移民局办理手续。除此之外，中央政府不再干涉各州内部事务，也不再直接干预任何企业的经济活动。

州政府、地方政府高度自治。这种方式有它的优点，自然也有其缺点。这里暂不管它的不足或缺陷，单就优点而言，它减少了管理层次，降低了行政成本，避免了当上级政策与实际情况"不接轨"、"不对光"时产生的一系列问题，至少不至于使某个人的一个错误决策导致全国性的灾难，还有利于各级、各地积极性、主动性的充分发挥。当然，任何体

制都有一个演变和完善的过程，也都会经常根据条件和环境的变化而有所变化，有时甚至发生循环性的甲到乙、乙到丙、丙再到甲之类的变迁。

在州和市之外，美国的行政体系里还有一个"县"的存在，论级别与市同级。这主要是由于历史原因造成的。当年，美国各地——尤其是西部地区人烟稀少，居住分散，有大量的农民、牧民存在，为了便于管理，就在州政府以下设立了县一级政府，管理除城市之外的地区。而当该县某一个地方的居民达到一定数量，而那里的居民又觉得应该成立一个城市时，他们就可以选举自己的市长，成立自己的政府，这片地方就归属于这个城市管理，而不再属于原来的县了。

这样一来，随着时间的推移，城市就不断增多，县所管辖的地面也就越来越小，有些地方，现在几乎全是城市，县基本上只剩下一个概念了，没有实质意义。而且更有意思的是，如果某个城市出现严重的财务危机，"经营"不下去，它还可以宣告破产，而它管理的地面便又重新交给原来的县管理。另外，有些城市因为太小，或者是不愿意建立自己的警察队伍，经全体市民同意，还可以由县政府的警察代管，只要交给人家一点儿钱就可以。洛杉矶地区的大部分城市采用的就是这种办法。因此，洛杉矶的警察管理的地面很大，不得不使用直升机在天上执勤，于是这就成了一道独特的风景。

高度的自治就意味着高度的自主权。于是，在美国就出现了许多在我们看来极不正常的现象——比如各州法律明显不同，有时，相邻两州甚至有完全相反的法律规定，在这个州是完全合法的事情，到那个州却完全违法。例如，同性恋婚姻在其他州没有合法的地位，但在马萨诸塞、加利福尼亚两州，政府却冠冕堂皇地给那些"同志们"办理结婚手续。

另外，如果某州的居民有半数以上同意脱离联邦政府，那它就可以宣布独立，美利坚合众国也就没有 50 个州了——不过，话虽如此，倘若某天真有哪个州宣布脱离合众国，美国联邦政府想来就会有另一种"说法"了，当年"南北战争"不就是南方民众投票要求独立吗，为何还去打人家呢？

州下面的地方行政建制多种多样，名称千差万别，或者叫县，或者叫市，或者叫镇，还有学区、特别区等，但都有一个共同的特点，那就是高度自治。

早期成立的市或镇政府，是当时移民出于自身安全等原因"自行组织起来的联合体"，成立时间早于县。早期的县政府作为州政府在地方的派驻机构,并由州政府确定地域界限,其建制纯粹出于行政考虑,仅提供本地区的市、镇政府所不能提供的司法、监狱等服务,后来开始具有地方政府的功能,为本地公民提供更多的公共服务,并成为与市、镇平等的自治政府。

就目前来看,全美除少数几个州之外,大多数州都有县一级政府,其辖区一般比市、镇要大,但级别与市、镇相同。辖区并不与市、镇重叠,而是市、镇之间的空白区域。由于历史、经济和人口规模的差别,地方政府的组织模式也不尽相同,按照权力分割的特点及行政管理发展的趋势,大致可以划分为下面四种模式:一是决策权,包含行政权——市政府实行委员会制,公民选举包括市长在内的委员会,各委员分别负责不同部门的行政工作;二是强行政权、弱决策权——当选的市理事会拥有决策权,市长或首席执行官拥有执行权,两权分离,互相制衡,"强市长"拥有广泛的权力,可以任免部门官员,拥有预算建议权,可以行使对市议会决议的否决权,还可以任命专业的执行官如城市执行官、首席执行官、行政助理、常务副市长等职务,而市理事会对执行权影响的手段有限,仅通过预算方式来制衡行政权扩张;三是强决策权、弱行政权——不但市长的权力与议会的权力要分离,许多行政职务的主管官员如警察局长、治安官员、税收评价员等,也必须通过选举产生,市长有任免行政部门官员的权力,但市议会也有任免如审计官员、检察官、财政官员等重要职务的权力,市长任免的行政官员表面上对市长负责,但经常都是在得到市理事会同意的情况下由市长任免,与市理事会的关系往往比与市长的关系更密切;四是决策权和县、市经理——市长与理事会共同挑选城市经理,城市经理拥有执行权,有权任命如公用事业部门、防火部门、警察部门、财税部门、公共工程部门、园艺部门等主管官员,主管官员对城市经理负责,城市经理同时对市长与理事会负责,而市长和理事会可以在任何时候解聘城市经理。

二

美国政府的机构设置框架,就其主要内容而言,是立法、行政、司法三权分立,就像一个三脚架似的,各司其职,相互制约。

立法机关即美国国会,由众议院和参议院组成,议员由各州选民直接选举产生,其中,参议院由每州选出两名参议员组成,共100人,任期6年。每逢双数年举行选举,改选参议员的三分之一。参议院主席由副总统担任,但除

了出现表决相持不下的情况外,副总统并没有表决权。众议院由各州按人口比例分配名额选出,共 435 名议员,任期两年,期满全部改选。众议院"发言人"由众议员自己选出。

美国的司法机关主要由 1 个最高法院、11 个上诉法院、91 个地方法院、3 个有特别裁判权的法院及 1 个联邦司法中心等机构组成。其中,最高法院的首席大法官和 8 位大法官、联邦法院的院长和法官由总统提名,参议院批准任命。每个上诉法院有 3-15 名上诉法官,受理不同地方法院判决的上诉案件,并有权复审联邦独立机构的命令和裁决,其判决一般也视为终审判决。每一地区法院有 1-27 名法官,审理各区内涉及联邦政府的各类案件(如滥用邮递、盗窃联邦政府财物等),不同州公民间、美国公民与外国公民间的讼案。特别法院的法官也是在参议院的建议、认可下由总统任命,终身任职。

行政机关主要由总统和 19 个部、60 多个独立局及 4 个准官方机构三部分构成。

总统是国家元首、政府首脑兼武装部队总司令,在立法方面,可以否决国会通过的任何法案,即立法否决权;可以在每年一度的国情咨文、预算咨文、经济咨文及各种专门问题的咨文中,向国会提出立法倡议,即立法倡议权,并有权召集国会特别会议。

在司法方面,总统可以提名任命联邦法官,包括最高法院法官在内,但要获得参议院的认可,还可以对任何被判破坏联邦法律的人——被弹劾者除外——做完全或有条件的赦免。

在行政方面,总统可以发布法令、条例和指示,任免公务员,但高级官员,包括内阁部长、副部长、助理部长等,要得到参议院的批准,有权征召各州的国民警卫队为联邦服务,有权宣布紧急状态,有权缔结行政协定,任命大使,但须经参议院批准。

总统内阁是美国行政最高决策机关,由总统根据施政事实上的需要设立,成员由处理具体国家及国际事务的各部部长和总统指定的其他官员组成,主要包括副总统、国务卿,农业、商务、国防、能源、医疗和社会服务、住房和城市发展、内务、司法、劳工、交通、财政、退伍军人事务和国土安全等部部长,白宫办公厅主任,环境保护、管理和预算、国家药品控制政策等局局长及美国贸易代表等。

　　另外,白宫还设有若干重要的政策研究机构,如国家安全委员会、总统经济顾问委员会、管理和预算办公室、国家药品控制办公室、政策研究办公室、科学和技术政策办公室和美国贸易代表办公室等,这些可称做白宫的"政研室"。

　　在1930年之前,美国政府基本上处于一种"小政府"状态,直接服务于总统的不过十几个人,总统的工作也较轻松,每年都有充足的时间按部就班地休假。但随着上世纪30年代的大萧条,随着罗斯福总统推行"新经济政策",政府开始较多地涉入经济管理领域,政府的职能增多,权力相应增大,机构也随之扩大到20多个部门的"大政府"。然而到了上世纪80年代,社会上要求政府放松对经济管制的呼声越来越高,联邦政府随之下放了不少职能,虽然政府的部一个也没减少,但管的事却大大"缩水","大政府"也逐渐回复到"中政府"乃至"小政府"。

后 记

这些年里，我行色匆匆，穿梭于人生春夏秋冬的晨光暮色，一路行走，一路倾听，一路阅读，一路思考。

受惠于我的东家——中国农业发展银行的海外培训战略，使我有幸多次到海外进行专业训练。美国自然是必不可少的一站。弹指一挥间，到美国学习考察已过去八年了，但在美国游历的场景，仍历历在目，记忆犹新，一切仿佛就在昨天。其间，写过一些文字，被《金融时报》《农村金融时报》《中国散文家》《金融作家》《金融文坛》《农业发展与金融》《湖北日报》《河南日报》《粮油市场报》《三峡日报》等多家报刊杂志及新媒体刊载，引起了不小反响。

尼采说：每一个不曾起舞的日子，都是对生命的辜负。受朋友"蛊惑"，也为了那难以忘怀的记忆，我把部分尚未发表的文字和残存在脑海中的印迹，一并整理成此书稿，在职业生涯行将结束时付梓印刷出版，亦为开启崭新的旅程。

自己本一俗人。谋生之余，也是一个庸俗的观者，在现实、历史、人文中行走，到过许多的地方，对所见所闻总会心生感慨。但因悟性有限，所思所想难免缺乏深度，甚至有些偏见。《美利坚笔记》也会是如此。不过，所有不成熟的思想和表达，只为真实记录自己的心情，和值得怀念的曾经。

本书的出版得到了东家的鼓励和杨如风、王丽芳、阳春、沧浪、池的等老师的指导及众多朋友的支持。自然是无尽的感激和感谢！

感恩之花永恒。